21世纪
年度最佳
外国小说
2015

美丽的年轻女子

Een mooie jonge vrouw

[荷兰] 汤米·维尔林哈 著

李梅 译

人民文学出版社

著作权合同登记号　图字 01-2015-7922

图书在版编目(CIP)数据

美丽的年轻女子/(荷)维尔林哈著;李梅译. —北京:人民文学出版社,2015
(21 世纪年度最佳外国小说)
ISBN 978-7-02-011192-3

Ⅰ.①美… Ⅱ.①维…②李… Ⅲ.①长篇小说—荷兰—现代 Ⅳ.①I563.45

中国版本图书馆 CIP 数据核字(2015)第 271141 号

责任编辑　陈　旻
装帧设计　陶　雷
责任校对　李晓静
责任印制　苏文强

出版发行　人民文学出版社
社　　址　北京市朝内大街 166 号
邮政编码　100705
网　　址　http://www.rw-cn.com

印　　刷　三河市鑫金马印装有限公司
经　　销　全国新华书店等

字　　数　73 千字
开　　本　880 毫米×1230 毫米　1/32
印　　张　5　插页 1
印　　数　1—5000
版　　次　2016 年 3 月北京第 1 版
印　　次　2016 年 3 月第 1 次印刷

书　　号　978-7-02-011192-3
定　　价　22.00 元

出版说明

评选并出版“21世纪年度最佳外国小说”，是一项新创的国际文学作品评选活动和出版活动。在世界文学格局中，由中国文学研究机构和文学出版机构为外国当代作家作品评奖、颁奖，并将一年一度进行下去，这是一个首创。

“21世纪年度最佳外国小说”评选活动由人民文学出版社和中国外国文学学会及各语种文学研究会（学会）联合举办，人民文学出版社主办。评选委员会由分评选委员会和总评选委员会构成。各语种文学研究会（学会）遴选专家，组成分评选委员会，负责语种对象国作品的初评工作；再由人民文学出版社、中国外国文学学会及上述各语种文学研究会（学会）委派专家组成总评委会，负责终评工作。每一年度入选作品不得超过八部。入选作品的作者将获得总评委会颁发的证书、奖杯，作品由人民文学出版社组成丛书出版，丛书名即为：“21世纪年度最佳外国小说”。

总评委会认为，入选“21世纪年度最佳外国小说”的作品应当是：世界各国每一年度首次出版的长篇小说，具有深厚的社会、历史、文化内涵，有益于人类的进步，能够体现突出的艺术特色和独特的美学追求，并在一定范围内已经产生较大的影响。

总评委会希望这项活动能够产生这样的意义，即：以中国学者的文学立场和美学视角，对当代外国小说作品进行评价和选择，体现世界文学研究中中国学者的态度，并以科学、谨严和积极进取的精神推进优秀外国小说的译介出版工作，为中外文化的交流做出贡献。

自 2002 年第一届评选揭晓到 2014 年，“21 世纪年度最佳外国小说”评选活动已成功举办 13 届，共有 23 个国家的 80 部优秀作品获奖，其中，2006 年度、2003 年度法国获奖作家勒克莱齐奥和莫迪亚诺先后荣获了 2008 年、2014 年诺贝尔文学奖，足见这一奖项的权威性和前瞻性，也使“21 世纪年度最佳外国小说”成为一个名副其实的重要文学奖项。

自 2008 年开始，这套书不再以外文原版书出版时间标示年度，而改为以评选时间标示年度。

自 2014 年起，韬奋基金会参与本评选活动，在“21 世纪年度最佳外国小说”评选基础上，设立“邹韬奋年度外国小说奖”，每年奖励一部作品。

我们感谢韬奋基金会的鼎力支持。我们相信，“21 世纪年度最佳外国小说”的评选及其出版将结出更加丰硕的成果。

人民文学出版社

“21 世纪年度最佳外国小说”评选委员会

“21 世纪年度最佳外国小说”评选委员会

总评选委员会

主　任

聂震宁　陈众议

委　员

（以姓氏笔画为序）

叶廷芳　刘文飞　陆建德　陈众议

吴岳添　肖丽媛　金　莉　高　兴

盛　力　聂震宁　程朝翔　管士光

秘书长

欧阳韬　陈　旻

荷兰文学评选委员会

主　任

高　兴

委　员

（以姓氏笔画为序）

石琴娥　吴正仪　高　兴　袁　伟　魏大海

《美丽的年轻女子》讲述了一个已到中年的病毒学专家与一名正值妙龄的美丽女子之间的恋情和婚姻。男主角尽管事业有成，并且似乎交上了桃花运，却接连被衰老、中年危机、痛苦、婚外恋、麻木不仁所困惑。作者将故事背景设在荷兰，精心埋下伏笔，描绘了一对男女关系的幻灭悲剧。精彩的细节、巧妙的构思、流畅的语言和各种观念反差编织出了人的尴尬和无奈。此外，作者还充分挖掘作品中丰富的幽默蕴含与深层的情感，展示了他非凡的语言才华和特有的艺术手法——最终使故事的边线汇同主线一起走向必然的结局。

"21世纪年度最佳外国小说"评选委员会

Een mooie jonge vrouw vertelt het verhaal van de liefde en het huwelijk tussen een viroloog van middelbare leeftijd en een mooie vrouw in de bloei van haar leven. Ondanks succes in zijn werk en ogenschijnlijk geluk in de liefde, wordt het mannelijk hoofdpersonage getormenteerd door gedachten over ouderdom en verval, pijn en lijden, en raakt hij verstrikt in een keten van midlife crisis, overspel en apathie. Nauwgezet schetst Wieringa zo de voorboden, in deze in Nederland gesitueerde novelle, van de tragische ondergang van een relatie. In een doordachte compositie, geënt op knap contrasterende denkbeelden, weeft hij, met oog voor detail en een soepele pen, een verhaal van menselijke verwarring en onmacht. De gelaagde humor en emotionele diepgang verraden een buitengewone taalbeheersing en een geheel eigen stijl – die er uiteindelijk voor zorgen dat de diverse zijlijnen naadloos samenvloeien met het hoofdverhaal, dat onverbiddelijk afstevent op zijn onafwendbare einde.

Jury "Beste buitenlandse
romans van het jaar, 21e eeuw"

致中国读者

我从未料想到自己会写一个关于疼痛不可测量、病毒生活以及一个美丽的年轻女子与一个中年男人的爱情故事。就连当我非常荣幸地受邀为荷兰图书周创作一本具有七十万册惊人发行量的小说时,也未曾料及它会涉及疼痛、病毒和一场不般配的爱情。倘若有人预先提到这些因素,我多半也只会忽视,认为这类素材好比月球上的沙粒,毫无生趣,里面没有故事。不像有时候,我并非灵机一动就发现了这个故事,整个过程宛若烹饪美味佳肴,需要你有条不紊,在逐个添加各种食材后,还需花些时间让它们互相调和。

那是四月的一个温暖的夜晚,当我从纽约92Y剧场走出来叫住一辆出租车,一位年轻貌美的摄影师登车坐在了我身旁,她和我一样,刚从詹姆斯·索特的演讲会里出来。那周早些时候,我在这位自己敬仰的作家位于长岛的家中做了采访，那天晚上，这位女摄影师拍了几幅肖像为这篇访谈配图。她登上出租车的那一片刻非常关键，这时我意识到这里面蕴含着一场交锋，一个四十多岁的男人和一个比他年轻很多的女子的一段情史。无论是彼时还是后来，我和那位摄影师都没有发生关系，当时在纽约出租车里的情景，只不过催生了一场我想探讨的人际关系。

顿时文思汩汩不止，犹如才思泉涌。我的笔记本里写满了各种画面与场景，有的萦绕心头，有的转瞬即逝，无须刻意寻找，只须去观察和体会。

在我和罗恩·富希耶在鹿特丹交谈后，故事里出现了病毒，这位病毒学家在实验室里让流感病毒 H5N1 变异成致命的一种。很多人认为，那是一枚生物炸弹，万一发生泄漏，就可能会导致世界某处大批人口灭绝。走出他在鹿特丹大学大楼顶层的办公室后，我意会到故事中的中年男人将是一个专心致志、试图根除畜牧业病毒疫病的研究者。

在学校大楼外的公园里，我适逢一个关于畜牧业中动物所遭受折磨的小规模摄影展。巨大的屏幕上展示着肢体残毁的鸡禽、抑郁的生猪，以及身边没有母亲在独自哀嚎的初生牛犊。这些画面令人心碎，仿佛在呼吁大家吃素。我深受启发，塑造了这样一对男女主角，前者为维持现状服务，后者则心系养殖业中动物所遭受的深重却不可测量的痛苦。在公园里，两个主人公之间的思想冲突呈现在我的眼前，与这场冲突并行的，还有主人公之间身体年龄差别的冲突。

整个美丽的夏天我都致力于本书的创作，当我走出书斋时，树叶已秋色斑斓。尽管如此，我一度沉浸在幸福之中。这是我陶醉在幸福中书写的第一本和唯一的一本书——被无情的交稿期催促着，并由一个严守自己悲惨人生配方的人物的命运推动着。

汤米·维尔林哈

译者前言

汤米·维尔林哈与《美丽的年轻女子》

汤米·维尔林哈(Tommy Wieringa)一九六七年生于荷兰,父母双亲都是旅行推销商,他是家中的老大,下面有三个妹妹。他的童年,一部分是在荷属加勒比地区度过的,他两岁到阿鲁巴,十岁左右回到荷兰东部。维尔林哈在多种场合里提到,这是他人生中的一个重要转折点。一方面,因不习惯气候,他总想逃离荷兰。年轻时,从二十一岁到三十三岁,常借机到世界各地旅行,十几年后才慢慢适应了荷兰阴冷的天气,终于接受自己是荷兰人。另一方面,回到荷兰后不久,父母离异。法官判定他与妹妹和母亲一起生活。母亲与新男友马上组成了新的家庭,让维尔林哈感到母亲得到了一切，出于一种不公平感，他在新家庭里只过一夜，便选择与独自住在农场的父亲同住，希望以此挽回某种平衡。维尔林哈的母亲个性很强，喜欢掌控一切，手边总有个长长的记事单，记下所有要做的事情。他的父亲则性格开朗，喜欢用一句笑话打发母亲严肃对待的事情。由于母亲在婚姻中的强势地位，维尔林哈曾一度将父母婚姻和家庭破裂的主要原因归咎于她。母子关系由此僵持多年，直到他三十三岁后，对此有了新的认识，对母亲的敌视才得以化解。

和父亲一起生活，使维尔林哈与父亲一直保持着亲密的关系。此外，因为不在母亲眼皮底下，维尔林哈充分享受自由，和小伙伴们随心所欲度过了许多美好的时光，用他自己的话说，自己实际上“是伙伴们带大的”。除酷爱阅读外，他从十一岁起开始写日记，加上出于对自己家史的浓厚兴趣，驱使他记下所有有关见闻，本子写满一本又一本。当他成年后，回过头来翻看那些本子时，他才意识到自己曾经有多么孤寂。上大学时他首先选读了历史专业，后改学新闻学。毕业后，维尔林哈做过各种工作，在集市上卖过打火机，在火车站上当过售货员，后来为报刊做编辑并撰稿。一九九五、一九九七年他先后发表了自传体小说，但这两部作品在评论界没有引起什么反响。但这并没有使他气馁，对于他，写作就是信仰，他始终没有放弃写小说。从一九九八年起在随后几年里，维尔林哈常年在国外漂泊，有时甚至在某地待上半年之久。他一边旅行一边为报刊写作，主要是一些旅行故事、散记等作品，二○○六年在他出名后，这些散见于各家报刊的作品才分别汇集到三本游记里。总之，维尔林哈是一位较为国际化的作家，他早年的背景、经历与旅行一直贯穿他的大部分作品，其故事常发生在世界各地，并充满异国情调。纵观其创作生涯，从他一九九五年开始写作以来，我们可以看到每部作品的长足发展。

二○○二年维尔林哈的第三本小说《一切关于特里斯坦》面世。它讲述了一名文学传记家追寻传奇诗人维克多·特里斯坦——一个和兰波一样早早搁笔，并到偏远地带去过别样生活的诗坛奇才的故事。传记家在寻觅这位过世的诗人时，发现了他生活中一个秘密，却不料将自己卷入其中，由此被迫为这个秘密保持缄默。这部作品凭借随性的抒情、精致的隐喻、富有节奏的语言和优美的观察，引起了评论界的关注，赢得了哈勒外恩文学新人奖，并受到了荷兰 AKO 文学大奖的提名。

二〇〇五年发表的小说《乔·快艇》，则是一个残疾人的友情故事。叙述者弗兰斯歇，是一个不能说话的大脑麻痹患者。他有幸遇到与自己截然相反的人：一个外来的、富有魄力与冒险精神的乔·快艇。乔·快艇用自制的炸弹和飞机，在弗兰斯歇所在的沉闷小村庄搅起村民们的一阵阵惊讶。他后来发现弗兰斯歇的一只胳膊可以动，于是设法带他到欧洲中部，让他成为人人畏惧的扳腕冠军。多亏有这样一个朋友，弗兰斯歇一下成了一个人物。这本小说充满惊奇美丽的意象、精彩的描写、生动的细节，带给读者独一无二的体验，为作者赢得了广泛的读者群。它得到多项文学奖的提名，并夺得了博尔德韦克最佳荷兰语散文体图书奖，维尔林哈由此成名，为以后专业创作奠定了经济基础。此外，该小说还标志着维尔林哈进入了创作的成熟阶段。

二〇〇九年出版的亲情小说《小恺撒》，故事主角路德维希，与艺术家杰夫·昆斯和二十世纪八十年代意大利色情大明星茜茜丽娜夫妇所生的儿子同名。维尔林哈还为路德维希取名"小恺撒"，以此暗示古罗马大将恺撒与埃及艳后克丽奥佩特拉之子。小恺撒早年被父亲抛弃，与母亲建立了复杂的关系，长大后，漫无目的地在世界漂游。直到母亲死于癌症后,他才踏上寻父之旅,最后在巴拿马丛林中找到了父亲。这个旅程令许多评论家联想到约瑟夫·康拉德的《黑暗之心》,维尔林哈因此被视为浪漫主义者。这本关于孤独、爱和家庭的寓言故事,以充满活力、文笔优美、心理洞察无懈可击,得到了荷兰 AKO 文学大奖的提名。

接下来在二〇一二年,维尔林哈创作了关于异化迁徙的探寻者小说《他们的名字是》。这部作品有两条平行的故事线索:一条关于孤独的庞徒斯·贝格,他在俄罗斯草原上一座沉寂的小城里担任警察局长;另一条关于一群难民,他们在贫瘠的荒野上无望地求索。贝格偶然受到一位拉比的启发,从犹太教法律和历史中意识到自己属于那些终生颠沛流离的犹太人。《他们的名字是》与《出埃及记》遥相呼应,是一则关于二十一世纪漂泊者命运的诗化寓言。维尔林哈以朴实冷静的语调,阴郁的氛围使人联想起库切的《等待野蛮人》、科马克·麦卡锡的《路》和伊萨克·巴别尔的短篇小说。比利时《明日报》称赞该作"跨越境界"。荷兰《人民报》誉之为一部里程碑式的小说,除睿智、克制与原创之外,它还展示了维尔林哈对完美几近癫狂的追求。二〇一三年这部作品当之无愧夺得了利伯瑞斯文学奖——堪比当代英语世界里的布克奖,以及金猫头鹰读者奖,并入围国际IMPAC都柏林文学奖短名单。正是由于维尔林哈近十多年来优秀作品频出,被邀请为荷兰图书周赠书创作自是在情理之中。

二〇一三年历时三个月创作的《美丽的年轻女子》,讲述了一个四十二岁病毒学专家与一个二十七岁的美丽女子之间的恋情。初看标题,读者或许会想到女人、爱情、幸福与性爱。读后便会发现主角是一个中年男人,被婚姻危机、痛苦、婚外恋和畏惧衰老所困惑。作者维尔林哈在图书周前后接受荷兰《鹿特丹商报》文化副刊的两次访谈时,对该书的创作过程、灵感与含意进行了阐释,现摘译如下:

问:你是如何得知被邀请为图书周创作的?

答:我当时在街头摊位上买鲱鱼,亨克·普罗普先生,忙碌的蜜蜂出版社社长打来电话说:荷兰图书推广总会来找过我,问你愿不愿意写图书周赠书。我带着鲱鱼就来到了出版社。他们问的正是时候,因为我刚拍完一个电视节目,并正在完成《他们的名字是》一书的相关活动。我还没有在写新作品,不需要去推延什么。我特别想做这件事,可以马上动手写。

问:写赠书令你格外兴奋吗?

答:为了果腹创作,或应邀创作,并且还要面对庞大的读者,这些念想足够令人难以下笔。在花去一两周的时间以后,我才把这些顾虑甩掉了,真正投入到创作中。我特别期待参加图书周舞会,因为得到了(橄榄球队的)哥们儿平常得不到的票(本书卷首赠言——“献给我的战友们,够意思吧!”这下拨云见日了),可以带他们一起去。大家在吃喝之后,便阔步走到了阿姆斯特丹音乐会堂去参加图书周舞会,那儿可真热闹。

问:这本书好写吗?

答:创作这本书虽说不难但也并不简单。受一定篇幅的限制,一点都不成问题。我很快就适应了这个限制。我很喜欢这样“换个口味”,好比某种运动挑战,看你能否在短时间内创造出有点意义的东西。

问:这个故事是从哪来的?

答:有一次,我在纽约和一个年轻(如今已不再那么)漂亮的女子一起乘出租车时,心生一念:就是它了。中年男人和年轻女子之间的恋情,这个主题已吸引我很长时间了。

什么是共同生活？这样有较大的年龄差别的男女关系包含了什么？两个人都会有什么样的感受？我想探入这种不平衡的内部。

问：为什么有年龄差别就一定不平衡呢？

答：单说寿命就够不平衡了，加上肉体又争强好胜。如果我身处其中，想必会不断地想与年轻小伙子和男子气概十足的男人们比个高低。然后终有一天，会像一只精疲力竭的老公鸡一样败下阵来。失去青春与活力，替而代之的是所谓的“智慧”。真不堪设想。它与雄激素，永久的勃起，不可同一日而语！

问：可人生又不是光为了这个？

答：这当然也很重要。

问：年轻姑娘不也会变老吗？

答：可这个老头衰老的速度会比她快得多。这本书当然不是普遍的范本。不要误解我。我想描写的是两个个体，而不是所有的人。

问：你也能感受到菩萨所说的疼痛吗？

答：可不好受呢。作为那种充满青春活力的人，然后去体验这种活力慢慢耗尽，嘴角开始流口水，而且老眼昏花，必须起身找眼镜，因为没它就根本没法读书。而这些都只不过是个开端。

问：那你个人是怎么对抗衰老的呢？

答：幸亏我不能随它任意摆布，因为我现在有两个年幼的孩子，千万不能让她们觉察到。你又怎能奈何呢？（哈哈）我开个玩笑。我对此无可奈何。你又能怎样？我认为美容是解决不了问题的，因为它不会延缓细胞层面的衰变。

《美丽的年轻女子》凭借行文流畅、巧妙的构思、清晰简明的故事线索和对悲剧及痛苦的出色描写在荷兰广受好评，评论界对它抱以肯定的态度，书评家在报纸上还给予了五星的最高评价，盛赞这是十几年来图书周赠书中一本难得的佳作，比利时《明日报》评论家甚至认为维尔林哈这本具有伊恩·麦克尤恩和马丁·艾米斯魅力的作品之优雅，可以使人看到菲茨杰拉德的影子，堪称是一本文学奇才之作。荷兰《人民报》称赞作者对男主角及其摇摇欲坠的婚姻做了令人信服的精湛描写。面对这些赞美之词,维尔林哈坦言说这根本不是他所追求的:我只为自己写作,每个作家都是为自己写作,而不是为了讨好公众。在问及将来是否还想继续写这样的主题时,维尔林哈毫不犹豫地答道:不想了,因为这个主题正合这样的篇幅。没有荷兰图书推广总会,这本书是不会问世的。"这如同得到一个老幺那样幸福,完全出乎意外,却完全改变了我的生活。"

二〇一四年图书周的主题是旅行,汤米·维尔林哈虽然一向对该主题情有独钟,但他这次却绕道而行,选择了中年危机的主题。荷兰读者中有人好奇,荷兰图书推广总会为何请一位已经不常旅行的作家来写该年的赠书。维尔林哈自己说,所幸图书周主办方并不要求写旅行主题。现在他已育有子女,已经不方便出去远游了,看着孩子成长是人生中最奇妙的体验之一。他在《他们的名字是》一书卷首,将《论语》中的一句话"子曰:父母在,不远游,游必有方。"献给自己的两个女儿,希望她们出门之前先想想动机。至此,倒是《鹿特丹商报》的记者一语道破:这本书里关于衰老的故事,其实也是讲人生的旅行,对吧?维尔林哈笑道:如果你要这样理解,当然可以。

维尔林哈这本《美丽的年轻女子》在荷兰的印数为七

十万册，颇为可观，逼近二〇一〇年九十五万册，那年图书周赠书印数最多。这亦可说明荷兰声名最显赫的文学出版社——忙碌的蜜蜂对于这本书信心十足。这个预期果然应验，除纸质书全数馈赠发放完之外，电子版也被下载了九千次。更令人吃惊的是，国外很快听到了风声，这本薄薄的图书周赠书随之引起了广泛的国际关注。英国、澳大利亚、新西兰、法国、意大利、德国等出版社纷纷抢在该书面世之前就买下了版权。

汤米·维尔林哈曾在荷兰家喻户晓的“世界转个不停”（DWDD）电视节目里坦言，自己早在一九九五年刚出道写作时，便怀揣着为荷兰图书周创作赠书的愿望：“他们（荷兰图书周组委会）应该邀请我”。那时他刚出版第一本小说处女作《多尔曼迪克的缺点》后不久。而每当组委会宣布受邀作家时，他心里也会罗列出一个长长的名单：嗯，某某某还没轮到呢，哦对了，那位大文豪还在世，还得先写呢。直至二〇一三年四月，在等待了十八年后，维尔林哈才终于梦想成真，并于二〇一四年在图书周期间，将这本《美丽的年轻女子》呈献给了荷兰读者。由此可见，为图书周创作赠书，如今已成为荷兰文坛上一种很高的荣耀，甚至有人称之为荷兰本土的“诺贝尔奖”,只有成名作家才会被推选。这并非由来已久,而是长期发展的结果,尤其是近三十年来才形成的常规。

图书周赠书

一九三〇年十一月十五日,荷兰出版协会为纪念该协会创立五十周年,举办了一次“图书日”,并出版了一本纪念手册。两年后,荷兰图书推广总会(CPNB),为促进荷兰文学发展,增强国民读书热情,举办了第一个“图书周”(Boekenweek)。并在此后每年春天,一般在三月份举办一次图书周。虽说是一周,但多少年来实际上是为期九至十二天各年不等,具体天数由主办方酌情而定。一九三二年推广总会正式推出了第一本图书周赠书(Boekenweekgeschenk),由荷兰多名男女作家撰稿。作为初期摸索阶段,接下两年的赠书,分别题为《纪念荷兰作家》《十二名荷兰作家群像》。一九三五至一九三七年的图书周活动,相继发放了三年的赠书《本年度图书内外》。后来三年,从一九三八至一九四〇年,则是三个中篇的结集。二战期间,一九四一年，一本中篇和诗歌合集在印发一天后，据说其中一名作者是犹太人，因而遭到纳粹保安处的禁令，随后几年里也都没有出书和举办活动。直到一九四六年才重新恢复赠书传统，出了一本“小赠书”。

二十世纪四十至六十年代的三十年间，有十次图书周赠书的作者是匿名的，书中附有一个名单，由读者竞猜创作者。许多人把这个由尚未成名作者著书的时期，视作图书周赠书富有创意的时代。到了二十世纪七十年代，图书周赠书一度陷入困境，其中原因除商业化倾向所带来的负面影响外，还有人将此归咎于主办方一心想取悦所有的人，尽量避免涉及政治、宗教、性等内容，因此限制了作者的自由发挥。从一九八三年起，荷兰图书推广总会调整方针，开始邀请一流荷兰语作家创作，并对内容不加干涉，图书周赠书才逐渐恢复声望，久而久之被誉为“荷兰版的诺贝尔奖”。图书周赠书虽出过多种体例，如短篇小说集《卓著》（1954）、《踏着作家的足迹》文集（1955）、《与作家见面》访谈（1956）、散文集（1959）、侦探小说（1964）、漫画书（1971）、诗集（1972）、游记（1991）等，但绝大多数都是中篇小说。这些中篇小说由荷兰图书推广总会，邀请荷兰与比利时荷语地区的作家来创作。赠书是图书周的标志性惯例,但它并不是无条件赠送,为了激发人们购书,顾客如今需要消费十二点五欧元以上,才可获得赠书。自二〇一四年起,书店参与图书周赠书活动的范围已跨越国界,普及到了比利时佛兰德伦(荷兰语)地区。

为配合图书周,主办方还从一九四七年起开始举办“图书舞会”(Boekenbal),并一直延续下来成为传统,地点通常在阿姆斯特丹音乐会堂,为图书周拉开序幕。除受邀撰书的作家作为这场晚会的主角外,其他应邀参加的图书界人士、作家、出版商都会荣光满面,盛装前来出席这个舞会。报刊、电视媒体对此的报道与渲染,更增添了人们对参加此项活动的向往。对于这种精英主义,人们在容忍了五十五年之后,那些没有得到邀请的作家和出版界人士,终于在二〇〇二年,选择就在离阿姆斯特丹音乐会堂不远的帕拉迪索大礼堂另辟蹊径,组织起了一场颇具讽刺和抚恤意味的“另类图书舞会”(Alternatief Boekenbal),并戏称之为“被拒之门外人士的图书周舞会”——书界同仁和作家新秀,乃至任何人都可以参加这个迎接图书周前夜的晚会。谁料十几年下来,“另类图书舞会”已然成了“另类”传统。仿佛图书周主办方正是以这种“精英主义”,出奇制胜,激发了人们参与图书周的热情。

在举办舞会前夕,《海牙邮刊与时代周刊》(明年将移至网络)还会在图书周专号内,公布本年度文学出版界前四十名举足轻重人物的“啄序”,即排行榜。这是业内人士用半严肃半戏谑的口吻,对文学界具有影响力的出版社老总、书评人、媒体人、版权代理,乃至作者、荷兰文学基金会会长、荷兰图书推广总会会长进行一番点评,以风趣的方式将业内信息公布于众,活跃了图书周的气氛。

热闹非凡的图书周

图书周展开后,围绕图书的活动便在全国范围内展开。出版商、作家、公立图书馆、书店都纷纷投入参与举办面向公众的文学节、讨论会、首发签售等活动,到了周日,赠书作者还要乘火车为乘客朗读并为读者粉丝们题赠。对于赠书作者,一周里排得满满当当的见面会、采访活动,是考验耐力的体力活。维尔林哈在讨教前辈赠书作者时得到忠告,一定要在走访各地读者时让组织方准备午餐,不然一周下来将会体力不支。

从一九六三年起,图书周开始间或设有主题,到了一九八七年才逐年由荷兰图书推广总会专设一个或生动有趣或引人注目的主题，比如二〇一五年的主题是“疯癫”，二〇一三年“黄金的过去，黑暗的记忆”，二〇〇九年“啾啾，文学动物园”，二〇〇七年“痴愚颂”等。图书周随之又增加了图书周散文集（Boekenweekessay），它契合每年的主题，如二〇一五年荷兰基金会会长应邀写了一本《世界文学中的癫狂》文学散文集，书中介绍了数名荷兰作家，作者带领读者体验这些作家们的“不可思议”的疯狂经历。顾客在图书周期间，到书店只需支付二点五欧元即可购得该散文集。此外，参与图书周活动的公立图书馆也会在图书周期间，将该散文集赠送给自己的图书馆新会员。

荷兰铁路自二〇〇二年起也成为图书周活动重要的赞助商，截至二〇一五年，它对图书周已是第十四次进行赞助。人们通常在图书周的最后一个周日（偶尔会在其中的一个周日）内，凭该年的图书周赠书（也包括电子版在内，二〇一二年新增规定），无论路途远近可在荷兰国内乘火车，一本赠书在手相当于二等车厢全日通票！选择这日出行的人数，据统计分别为：今年和二〇一四年二十四万人，二〇一三年二十三点五万人，二〇一二年二十万人。

国家单位荷兰图书推广总会，每年要组织三十多种全国性读书推广活动，如一月份的书界媒体见面会、诗歌周，二月份浪漫图书周，三月份的儿童评委选书，十月份的儿童图书周等等。作为最大和最重要的图书周，推广总会自创办起，在探索改进与尝试中越办越成功，如今它虽已有八十多年的历史，但相关活动至今仍在继续扩大和更新。二〇一四年图书周期间又新增了一个围绕图书周主题的新手写作比赛。图书周虽然越办越有气象，但因不少书店被迫关闭，纸质图书的销售在日益下降，为了应对这些挑战，荷兰图书推广总会在近几年来一直坚持不懈、集思广益、想方设法吸引公众参与读书推广活动，比如为了配合以书代票，在大学城莱顿火车站上举办免费音乐会来吸引年轻人，并在哈勒姆举办标志读书周圆满谢幕的读者舞会。总之，图书周使书店顾客增多，据统计，书店的利润增长了百分之六左右，但这不是荷兰图书推广总会的首要重点，其主要任务一直是保持并提高国民浓烈的读书热情。

走出国界

每年图书周结束几周之后，荷兰图书推广总会便会宣布来年哪位知名作家受邀创作图书周赠书，被选中作家自然会为此感到骄傲，并欣然应邀创作。图书周赠书虽然都是一流作家的作品，但每年的图书周赠书并非年年出杰作，评论界对这些应邀创作的作品不一定都给予好评，其中的原因，首先可能是时间的压力，作者一般只有四五个月。其次可能是一定的篇幅（不超过九十六页）的限制，使作者难以发挥。虽然如此，一些赠书还是产生了久远的影响力，例如荷兰“文学贵妇”赫拉·哈斯（Hella S. Haasse，1918—2011）一九四八年创作的图书周赠书《黑湖》和一九八九年比利时作家雨果·克劳斯的《剑鱼》，后来都被公认为经典名作。

荷兰图书推广总会为了吸引国内更多的读者，曾在二〇〇一年破例请外国作家拉什迪来客串，他用英语创作的《愤怒》，首先被翻译成荷兰语，在荷兰图书周期间首发。该书的篇幅竟出奇地超出了往年赠书的三倍，拉什迪说本想遵照邀请方的篇幅要求来写，冷不防自己一心只想不负众望，结果越写越多。组委会原本也可以请他改写一篇，但读过稿子之后竟也舍不得更换了。那年的图书周舞会，还是个无名小卒的维尔林哈曾与杂志社同事们一起仿造入场手环，企图混进舞场，只为一睹拉什迪彼时女友的芳容，但未能遂愿。

图书周或许在中国还鲜为人知,但荷兰语文学在中国却可以说已经并不陌生了,一部分图书周赠书作者已有其他作品被翻译成中文,从下列荷兰语重要作家作品中文版来看,可以说荷兰语文学在中国已初具规模。

塞斯·诺特博姆(Cees Nooteboom),一位在中国译介作品较多的荷兰语作家,他的《仪式》、《万灵节》(译林出版社,2008年出版)两本小说,短篇小说和两本游记已被翻译成中文。一九九一年他因应邀创作图书周赠书而名扬国外,由此得到了德国评论家的关注,他的其他作品也很快被译介到德国并受到了德国读者的青睐。他在德国的声望曾一度超过了在荷兰国内,没有多久,便一跃成为了欧洲乃至世界的知名作家,多年稳居诺贝尔奖博彩榜单。

迪米特里·维尔胡尔斯特(Dimitri Verhulst),二〇一五年为图书周赠书创作。已由重庆大学出版社出版了《废柴家族》(2013)。

卡德尔·阿卜杜拉(Kader Abdolah),二〇一一年为图书周赠书创作。已分别由花城出版社和人民文学出版社出版了《天书》(2010)、《大巴扎》(2014)。

贝恩勒夫(Bernlef),二〇〇八年为图书周赠书创作。

已由人民文学出版社出版了《恍惚》(2006)。

黑特·马柯(Geert Mak),二〇〇七年为图书周赠书创作游记。已由花城出版社出版了两本非虚构作品《阿姆斯特丹》(2007)、《在欧洲》(2011)。

安娜·恩奎斯特(Anna Enquist),二〇〇二年为图书周赠书创作。已由上海文艺出版社出版了《杰作》(2009)。

哈里·穆里施(Harry Mulisch),二〇〇〇年为图书周赠书创作。已分别由长江文艺和中国文联出版社出版了《袭击》和《暗杀》(1988)两种译本,以及花城出版社出版了《石头婚床》(2010)。

阿德里安·凡迪斯(Adriaan van Dis),一九九六年为图书周赠书创作。已由湖南文艺出版社出版了《遇上一只狗》(2011)。

威廉·弗雷德里克·赫尔曼斯(Willem Frederik Hermans),一九九三年为图书周赠书创作。已由译林出版社出版了《难以入眠》、《达摩克利斯的暗室》(2011)。

阿德里·范德海伊顿(A. F. Th. van der Heiden),一九九二年为图书周赠书创作而面世的《刺儿头》,被公认为是最出色的一本。已由花城出版社出版了《托尼欧安魂曲》(2013)。

苔丝·德罗(Tessa de Loo),一九八七年为图书周赠书创作。已由安徽文艺出版社出版了《孪生姐妹》(2012)。

高罗佩(Robert van Gulik),一九六四年为图书周赠书创作。已由甘肃人民出版社出版了《断指记》(1982)。

献给我的战友们,够意思吧

几对并不相熟的男女聚餐时，喜欢互问："你们是怎么认识的?"以此作为消遣。

他俩对视了一下。女的说："你比我会说，你来讲吧。"

男的娓娓道来："从前，在一个遥远的国度……"

"别听他瞎说！其实是七年前，就在乌特勒支。"

"那好吧，其实也不是什么童话。"他略显失望地往下讲，"七年前，在乌特勒支市。我坐在街边露台上喝酒。这时，有个姑娘朝这条街骑车而来。那个地段其实禁止骑车，但她是那种姑娘，无论做什么都会得到原谅。那种姑娘，会让警察破例网开一面，让所有车辆停下，为她开道。"

"你太夸张了，亲爱的。而且，那时我已经二十七八岁了。"

“她骑着山地车，上身前倾，臀部翘起。没有那个细节我是讲不下去的，一切始于那对翘臀。在那条人满为患的街上，那头金发、翘起的双臀，从我身边掠过……”

“行了，用不着重复。”

“你们不是想知道嘛！”

在座的另一个男人直起身说：“关于那对翘臀，我还真没听够呢。”

“娄，收敛点好不好。”妻子给他使了个眼色。

“我眼看着她从人群中消失，心想：这下我可怎么把她找回来？知道吧，娄，你懂得。就是特别想追上去，把她叫住问：你是谁？没有你我再也活不下去了！现在马上嫁给我吧！”

“嗯……”娄应道。

“总之，几个星期过后，在威廉姆一世酒吧，她居然就在落袋式台球桌旁，在我眼前出现。那是一种命中注定的感觉：不用去找……，就找到了。这下就再也无法改变了。她正和一个闺蜜在打台球。还是那样……翘着双臀。”

“艾德，够了。”

“我朝她走去，问她叫什么名字。我不想让她再次逃脱。她把名字告诉了我，却没说自己住在哪里。她不愿意告诉我。”

“你那时喝醉了。”

“可你随随便便就把名字告诉他了?!”其中的一个女人指出。

“为什么不呢?”

“一个素不相识的男人?!”

“他看上去还挺不错的。有点老,但还是挺不错的。”

“有点老,但还是挺不错的……”艾德瓦故作被刺痛的样子,其实正中要害。

“比我年纪大一些,这么说行了吧?”

“大十四岁……”

“再加一岁。”

“到底要不要我继续讲下去?”

他讲述了自己如何跟酒吧招待要了电话簿,拿着翻阅起来,扯下其中的一页,抓在手里朝她走去。就在她取长边位置时,他来到她身边,把那张纸凑近台球桌上方的灯,用手指着上面的一个名字问:“这是你吗?”她被逗乐,吃惊地打量起来。“很有可能。”她笑着应道。

“太好了,璐特·瓦尔塔。太好了。谢谢。我会给你发邀请信。”

“好哇，我等着。”她应道，“你叫什么名字来着？”

“艾德瓦，”他欣然答道，“艾德瓦·兰奥尔。”

“真佩服你，艾德。”娄赞叹道，“那本电话簿是个好主意，有勇气。”他拿起酒瓶，巡视一下所有的酒杯，却只给艾德瓦添了酒。

“那是孤注一掷，”艾德瓦说，“当时真不知道没有她该怎么办。你想想看，之前还到处都是女人，谁知到了那一刻，就只有她了。”他一嘴皮红酒的绛紫色，看着自己的妻子。“就像你只有一次机会——如果搞砸了，那道门就会关闭，奇迹从此不再出现。”他的额头油光发亮，双手在饭桌上比划着。

“璐特，你不觉得有点恐怖吗？”在座的另一个女人问。

“你这么想真有意思。他这样令人出乎意料，不是挺好吗？一个男人知道自己想要什么，很有目的性，我们不都喜欢这样吗？”

“嗯，或许如此，嗯……”她站起身来，“娄，帮我一把，把盘子收了，好吗？请大家把刀叉留下。”

她到厨房戴上隔热棉手套。那天下午，在一家土耳其和苏里南杂货店里，她拿起一把秋葵看了看。娄对她说：

“现实点，克劳迪娅。”

“可这些人都是素食者！这顿饭让我咋办？”

最终端上饭桌的是奶汁烤土豆片，配烤蔬菜拼盘。

席间娄问道：“璐特，你看到了他比你老，而艾德，你是否也看出来她比你年轻呢？”

“先别说呢，等我回来再继续讲喔！”厨房传来话音。

艾德瓦此刻闭上眼睛——台球桌上方的灯光下，烟雾缭绕，那个姑娘手执球杆。美，令他目瞪口呆，无法抗拒。那是很久以前的事了，在大马士革的一家博物馆内，他看到一尊完美无瑕的小型冥世神像，牛角间有个日盘冠。在令人目眩的远古时代，某位工匠用一双和自己一样的手，铸造了这尊完美的铜像。艾德瓦渐渐意识到，美也会带来痛苦，正因为美，它的锋芒更是锐利。

他睁开双眼。眼前是自己的年轻妻子。“没有，”他答道，“没有马上意识到。”

“你没看到吗？”

“确实，我只看到了……美。没注意到年龄。”他举起酒杯。

她伸出一只手放在他手上，说：“亲爱的……”

女主人端着烤盘从厨房走进来。“说好了由你来收盘子的。”

“遵命!”娄接过话来。

她又到厨房来回走了几趟,根本没人来帮忙。

“真是美味可口,克劳迪娅。”艾德瓦随后夸道,并举起酒杯给她敬酒。

“的确,今天手气不错,亲爱的。”娄跟腔道。

“手艺不错。”

“我就是这意思。”他向艾德瓦挤了挤眼。

“后来呢?”克劳迪娅问道,“你们相识的故事?”

* * *

艾德瓦摇动着双桨,璐特坐在船后的坐板上。水几乎静止不动。船途经岸边草场,徐徐划入一片丛林,参天的古树各有各的名称与天性。两人穿过长满青苔的堤岸和绿晃晃的庄园,迎面见到一块告示,上面写着:私有区域,不得擅入停泊。他想到了那些姓氏诡秘的家族,因不堪丰厚的家产与历史的重负而难以为继。墙上阴湿的霉迹记载了那段历史。这个阶层涌现过大批律师与政客,这些男儿创立了这个国家,并把它流传给了后代。当年的延续性,如今已一去不复返。他们的曾孙随后成了一批批生活完全受自我支配的银行家和作家。

他俩的头顶上方被绿色笼罩,林冠透射出异彩缤纷的光芒。艾德瓦划船时没有杂音,船桨在入水处形成了一个个绫罗般银黑色的漩涡。他的衣袖上卷,露出的那双手臂,令她格外欣赏。

不一会儿,他们回到了日光下。两人在岸上铺开一条毛毯,然后仰面享受着午后的阳光。身后那片果园,樱桃树被绿网罩住。艾德瓦把篮子里的东西一一掏出来,问她:"这都是你亲手准备的吗?"那是几块小份三明治,一份沙拉配分装的浇汁。他对璐特说:"我喜欢马齿苋,它的味道带着土地的气息。"

两人吃完后,璐特建议:"咱们去买点樱桃吧。"

她穿着棉质白色连衣裙,露出古铜色的双腿。在樱桃果园的入口处有一间小棚,里面坐着一个系着围裙的女人。艾德瓦买了一磅樱桃,春天气候温暖干燥的缘故,果实又脆又甜。两人走回河边,尽力把樱桃核吐向远处。

他们一边喝酒,一边聊她那进展缓慢的社会学学业,随后,谈起他参加过的那些会议和旅程。他看着她,在思忖,她知道她在喝极干的阿普雷蒙葡萄酒吗?这种酒正适合今天这个场合。她挠了挠自己的小腿，指甲留下几条白道。

他们在咖啡馆攀谈的那天晚上，璐特把艾德瓦的名字键入了搜索栏，她看到的国际会议照片里，显然是一位重要的病毒专家，个头比别人都高。她觉得艾德瓦比较适合蓄胡子。几天后，信箱里便来了一封一起去划船的请帖。她当天就回寄了一张明信片。

时值黄昏，他先登上船，然后把手伸给她。她抓住那只手跨了一大步。他往回划，水逆流的阻力比他预想的要大。在黑暗中，在树下，他非要待在中间，且尽量不去矫正，这一定要十全十美。

过了一会儿，她说："等一下。"并弯身把手放在他手上。他停止划桨。"听到了吗？"她悄声问，"这样安静，连只鸟都没有。"只有桨上的水珠落入水中的声音。在他们就要触及岸边时，他摇起左桨，沿着船身把桨片划入水中。她站起来问："我可以离开一下吗？"他把船停稳，让她登上岸，消失在高大而又光滑的树干之间，那头泛白的秀发在诱人地隐隐发光。仿佛一个害人精让人循着歌声慢慢走入森林的深处。

英式花园是前面林间那所庄园的一部分。宅邸窗户幽暗，杳无人迹。他会为她买下这座庄园，然后每天隔着一段距离，在朦胧中观赏这座光照中的蜂房。他们将在里面生活，他要和这个尤物生儿育女，每个房间都养个娃娃。

他觉得璐特无比性感，但极力隐藏自己强烈的欲望，生怕煞了风景。从未像今天这样，他更加意识到恋爱把他带回了青春岁月，重新唤起他那种口干舌燥，心悬喉头的“初次”体验，以及此后的每个“初次”的感受。他没结过婚，也从来没有和任何女人维持过长久的关系，他一直在收集初次的体验。如今自己已经四十二岁了，他敢肯定，过去如此，原来就是为了带给他这样一个姑娘。

她从林中走出来时，面带笑容，俨如一位步履轻盈的日耳曼女神。“这里美极了。”她赞叹道。她一直把声音压低，仿佛生怕草木都在偷听。当她踮起脚来吻他时，让艾德瓦恍然觉得她刚才到林子里去，是为了找她那些仙女同类，和她们围聚在乌亮如镜的水面一起商量个事儿。

他俩躺在潮湿的草地和青苔上，带着对陌生躯体的踌躇，缓缓地爱抚着对方。艾德瓦暗想：这么快，这么快就……璐特的主动性让他幸福得有些眩晕。得到她年轻的身体——林中地表上的一片亮光——一阵狂喜涌上心头。他的动作略显匆忙，饥渴。忘记了先前所有的经验，慌忙得像个小伙子,舔着她的肚皮和微咸的阴部,如醉如痴。当他双手撑地进入时,她在下面弓身相迎。当他撞入她体内时,璐特微笑着说:"终于找到了。"她如此富有经验,令他惊讶,全然忘记了人到她这个年龄也该懂得这些事情。

两人的身体被绿光笼罩。随后汗水慢慢变冷,精液渐渐使皮肤发紧。她侧着身子,被他搂在怀里,他的一只手放在她臀部。"可惜你不抽烟。"璐特对他说。

"听别人说,艺术家总觉得他们赶超了自己的前辈。他们在看自己的作品时,会觉得自己超越了历史,有一种……解放和胜利感。"他应道。

"为什么这么说呢?"

他轻声笑笑。"解放和胜利。"

她沉默片刻。"是指现在吗?"

"嗯。"

"为你感到高兴,"她说,然后补充一句,"下一步呢?"

"你指的是什么?"

"这么说,以后就不会比现在更美好了吗?"

他们在黑暗中朝水上娱乐中心划去,路上一片片草场、灌木围墙。在远方,在天边,那几座大学建筑,仿佛毫无规划，被胡乱投掷在那里，矗立在田野之间。艾德瓦生命的一部分在那里展开。背后闪闪发光的几座医学院大楼，像沙漠中的一座卡仙奴赌场一般——有输有赢。他们驶过铁链，把船停靠在搭架上，旁边小办公室的百叶窗紧闭着，并上了锁。人们可以在这里买些糖果和汽水，墙上挂着该地区的水路图。

* * *

这事情发生在公园附近的一间咖啡馆里。酒吧招待把一杯酒放在她面前说："那边那位先生送的。"接着，朝酒吧另一头点点头。艾德瓦当即拿起那杯送来的酒，一饮而尽。他俩在一起的头几年里，侍者常无缘无故会给璐特端上一杯酒。遇到这种情况，艾德瓦会仰头把甘露、咖啡力娇酒和蓝色库拉索酒统统喝干，同时，眼睛还会盯着在酒吧另一头那个一动不动的人。在西部片式碑刻着"一八八五"的酒馆里，她是周围唯一的漂亮姑娘，男人们愿意为她付出生命。艾德瓦则因为拥有她而要时刻提防自己可能会被人痛打一顿。

他知道超群的美会焕发激情，招致其他仰慕者，男人们有时为了能引起璐特的注意,会做出挑衅性行为。好让她知道:你看错了,他配不上你,看好了,我和你才真正般配。

璐特对此早已司空见惯。有些男人会有这种举止,和那些做派过分高傲的男人一样。

她没有因为自己貌美而被人宠坏,不似他所认识的那些女人,他这么想。聪明而又美丽的女人,但美貌与内在智慧兼而有之似乎会导致人的内心深处出现某种分裂症。这总是要等到两人相处一阵子后才会发现,一旦暴露,便令人难以容忍。这些女人是文学作品津津乐道的悲剧性女主角,但当他阅读这类人物时,便会觉得她们真应该得到精神药品的惩治。而在现实生活中,只要她们能隐藏分裂的天性,他还是可以去爱她们。她们在各方面都超乎常人——作为陪伴,没人比她们更有趣,床上功夫也很过硬,世界是她们的舞台。但她们早晚会现出原形,走向悲剧。

璐特·瓦尔塔幸好似乎是个例外。他没有发现任何隐蔽的"房间"。

她说:"我觉得我没那么多心理障碍……"

"心理障碍……?"

"女人一般都有心理障碍。"

"而你就没有心理障碍?"

她耸了耸肩。“一般女人该有的都有,其余的,我相信没隐藏什么。希望你不会觉得这样有点乏味。”

她的闺蜜不多,艾德瓦认为这是个好兆头。闺蜜迟早会成为某种圈套——他还记得原先她们如何一起上卫生间——她们的密室,等从那儿回来后,自己的优势便大打折扣。

他们在一起的第一个夏天里,璐特的两个男性朋友,亨利和迪德里克曾到他家来做客,她是在读大一时认识他们的。

“您住的地方可真不错。”亨利说。

艾德瓦笑笑说:“请别用您称呼了。”

璐特走进厨房向他要烟灰缸。艾德瓦找不到。璐特手里拿着盘子在门口转过身来,问道:“需要我帮忙吗?”

“一会儿就得。你去招待他们吧。”

在花园里,他们宛如那些骑车的过路人谈笑着。她跟他俩当中的一个做过吗?那应该就是迪德里克,他生着很宽却没有形的嘴唇,却拥有一副划船队员的体格。

他刚才跟艾德瓦握手时强健有力。怎样去握人家的手非常重要。有些人握得恰得其分,有些人则让被握者的手感到异常别扭,手握不到家,使不上劲。却又无法弥补这种缺憾,既不能把手抽回来,也不能重新伸手再来一遍,只得任人摆布。那个握手有力的小伙子征服了艾德瓦。

他把鲜扇贝柱摆放在甜菜片上,然后把盘子端到屋里。

璐特和亨利很放松地蜷坐在傍晚的余光下。桌上摆着烟酒和璐特的墨镜。迪德里克站在不远处,手里拿着啤酒小瓶。他见到了什么。边缘和玫瑰与西番莲之间有几条泥炭铺的小道。艾德瓦站在花园门口之间。他解下做饭的围裙,说:“我们可以开饭了。”

“我们就在外面吃吧,”璐特提议道,“这里好舒服。”

“过会儿就凉了。”

“一点不费事的。”璐特说。她站起来。艾德瓦走进去,从桌子上端走盘子。

“等一下,我来帮您。”亨利说。

璐特和迪德里克身后的太阳正在落下。迪德里克把整个鲜贝塞进嘴里。连嚼都不嚼一下,艾德瓦心想。对于他,还不如做汉堡包呢,说不定他会更喜欢吃那种东西。

亨利有多余的电子舞会的门票,他多买了几张,如果他们愿意,可以一起去。“太棒了。”璐特说,可艾德瓦却摇摇头。他记得二十世纪八十年代的晚会,大家彻夜不眠,早上归来满嘴粉末。他不知道如今在盛行什么样的音乐和毒品。那种生活早已过去,如今,他只去咖啡馆,只去那些自己能听到对方说话的场所。

亨利问他做什么工作:“我当然知道您是谁,但……”

“就用‘你’来称呼吧。”

璐特笑着。

“我在新闻联播上见过你,”小伙子说,“但具体做什么都还不清楚。”

艾德瓦向他解释自己的病毒研究。自己受世界卫生组织委派从香港执行任务回来。所有家禽被清除,天空一片黑暗。

“你会不会也被感染了？到底是怎么回事?”迪德里克问。

“H5N1 病毒不会传染给人,但流感病毒会很快发生变异。所以谁知道,此时此刻我的肺里……”

他渴望着和她单独在一起。两个小伙子侵入他们之间,从他们眼中,他看到了自己与璐特的形象:一个年轻女子和一个比她年纪大得多的男人,一个四十二岁的男人,他们会向他提出“你还想要孩子吗?”之类的问题。

璐特呢？她要不要孩子？艾德瓦自问道。他俩还没谈到这个问题。他们在一起的时间还很短。

* * *

一月底的一天,他们途经拦海大坝,到弗里斯兰省一个叫博泽姆的小地方。在小镇边上的一个新住宅区内,车库里停放着璐特父亲的一辆银色奔驰车。房后与牧场相邻,空旷闪亮。璐特在这里长大。这里的生活没有重大的断裂——繁荣与信息流通和别处一样稳步提高,但依旧保持着田园式生活。

他们站在日光室里。艾德瓦看见远处教堂的塔尖——柔和的灰色天空和天空下单调的草场之间的一个消失点。

“看,那儿有只兔子。”他说。

“我们这里多得是。”璐特的父亲在他身后应道。

他是个建筑承包人,房子是自己建筑的。他从桌上的烟罐里抽出一支烟,把过滤嘴在自己拇指指甲盖上磕了两下,然后用手捂住火,将它点燃。外面风雨交加。艾德瓦记得自己年轻时,爷爷拿着烟罐给他烟抽。爷爷那时看出自己抽烟令他感到自豪。

璐特的父亲俯身坐在椅子上，两只胳膊肘拄着大腿，头略微缩在肩膀之间，俨然一名工间休息之中的工人。

他们喝着薄瓷杯里的咖啡。“您喜欢放点牛奶吗？”璐特的母亲问道。他的咖啡加了牛奶后直泛白。

“吃点弗里斯兰饼干吧，”母亲又问，“您吃过吗？”

尽管她很努力，却止不住弗里斯兰口音直往外蹦。艾德瓦摇摇头，嘴里一口饼干。

然后，璐特跟母亲跑到楼上去挑选东西。看哪些可以扔掉，哪些该留下。

艾德瓦看着梳妆台上的照片。璐特小时候的照片，她是个用光和金线编织的生灵。她骑着马，在农场院子里抚摸着公牛粗壮的脖子，露出坚实的大牙对着相机在笑，背后背着弟弟。她的父亲来到艾德瓦身后，手里拿着一瓶陈酒和两只小杯。“快到五点了，您不会拒绝一杯烈酒吧。”他斟上酒，“我们这里说‘啜’，您听得懂吧？”

“我猜是干杯，对吧？”

“没错。”

“啜！”艾德瓦学着说。

“啜！”

他们喝干。璐特的父亲指着其中的一张照片。“您知道这是谁吗?"

艾德瓦看了一眼,说:"璐特?"

"不是,这个家伙。"

艾德瓦凑近了看,貌似懂点牛的知识。最后答道:"不知道。"

"'金娃娃'种牛。那会儿它还不到年龄,还没达到几年后产精的鼎盛时期。可瞧瞧那身子骨……能产上百万个后代。"

一对冠军,这头牛和这个姑娘。这头动物真棒,但艾德瓦的视线无法从璐特那里挪开。那年她不过十二三岁,要是那时让他见到,肯定也会神魂颠倒的。

"你们有什么打算,我可以问问吗?"她的父亲突然蛮有底气地问道,似乎这句话已经憋了很久。他比艾德瓦矮,但像摔跤运动员一样壮实。手指粗壮有力,满是褶皱,再也无法完全洗干净。

"打算?"艾德瓦说。

"和璐特。您已经上了年纪,我估计……"

艾德瓦正纳闷他和璐特的打算,与刚才那头种牛之间究竟有什么关系。

"我们年龄确实相差几年,"他说,"这不是很理想,可是……很抱歉我要等到四十岁才遇见她……”

“她说您四十二岁了。”

此时他耳后蹿起一股热流。

“您这年龄也该成家了吧。”

艾德瓦挺直后背，说：“有这个可能性，却没有发生。”

“您知道她已经结过婚吗？”璐特的父亲问。

一阵眩晕。

“您不知道啊？”

他脑中出现红色警报：她的密室……终于让他找到了。

“不，”艾德瓦说，“我不知道。”

“那时她刚离开家。”

这对父女是在嘲弄他，他俩此刻正讥笑不已。

“我曾问她能否对此做出解释。她说，就是因为爱。我说，所答非所问。那个小伙子的确是蛮不错的，但他从来没听说过人需要工作这回事。璐特说自己从未那样热恋过。刚从美国归来她就亮出了戒指，给家人一个惊喜……”

“的确令人惊讶。”

“我们冥思苦想，就是琢磨不出其中的奥妙。”他叹了口气，“她从来不听人摆布。”他仰头把第二杯酒喝干，用湿润的嘴唇说,“您和我相差十年,更接近我的辈分。我还曾指望她能照料我呢,可现在看来,她会推着您的轮椅。您想让我的女儿给您当护理员吗?”

“这……大概为时太早。”艾德瓦说。

“哦,您这么想吗?我就能预测您的将来。精确到年份。十年后,您已经被指检过两次,让医生摸摸您有没有前列腺癌。那种感觉挺不舒服的。而且,因为您觉得从胳膊到手指间,有种奇怪的麻麻的感觉,人家便会让您蹬车来测量心脏功能。此外,管道系统也开始出现故障。而且为了能读说明书,您还非得戴上眼镜不可。却不知道自己把那东西搁哪里去了!”

艾德瓦报以微笑。璐特的父亲挺逗的,现在可以确信这一点。

“在那儿呢。”他指着艾德瓦的前额说。

艾德瓦没听明白。

“这不,在您额头上挂着呢!”

艾德瓦用手在头发里乱摸一把。“什么东西?”

“眼镜! 老花镜呀!”

“现在还用不着呢。”艾德瓦等他笑够之后答道。

“等两三年后咱们再说。”

“那我们走着瞧吧。”

“那当然。”他拍拍艾德瓦的胳膊。

吃完饭后，璐特和艾德瓦到村里去散步。在博泽姆边郊，在黑暗中，可以见到一座教堂。“它特别古老，”璐特看着这座建筑说，“我都不知道有多古老。”栅门开着。他们踩着墓碑间的卵石小道。“我不该从你父亲口中听到这件事。”他坦率地说。

他们停住脚步，因为石子在鞋底发出嘎吱声。璐特不明白艾德瓦在指什么。

“你的婚姻。”他指出。

“唉，这……”

他用鞋跟在地上钻出个小坑来，“让人听了很难受。”

“我本想亲口告诉你的。”璐特说。

钟楼上响起了半小时钟声。

“不是什么大不了的事，你知道的。我们去了拉斯维加斯——他从十三岁起就穿着牛仔靴，一辈子奔的是有朝一日能开着一辆雪佛兰到拉斯维加斯城去。后来我们看见那种小教堂……唉，其实不过如此。”

他把手插进口袋，继续向前走。

“对不起，亲爱的，你要从别人嘴里听到……”她跟在后面说。

教堂的另一头是掘墓人的小屋。

门敞开着,他伸出头往里打探。暮色中他辨认出支撑墓壁的撑杆和叠梁。他把璐特拉进屋里,将她推到墙上,双手伸进她的毛衣里,笼住她那双不大的乳房。艾德瓦感到她浑身的鸡皮疙瘩。两人抵着墙做起来,璐特的阵阵粗气吹在他的脖子上。艾德瓦用力做爱,仿佛在惩罚她。射精让他感到自己战胜了那个穿牛仔靴的男人和璐特的父亲,随后带着璐特离开这里。宛如那头驼着那个姑娘的公牛。

* * *

当十七岁的艾德瓦·兰奥尔选择自己要学哪门专业时,他面临着两种选择。他可以选择天文学,用望远镜凝望宇宙,寻找不为人知的生命、星月和带着砾石尾巴的陨星;或者可以弯腰,在显微镜下探讨人生原理。在哥本哈根的一所青年旅馆里,他读到《查拉图斯特拉如是说》,从尼采充满激情的号召找到了答案,最终决定忠实于自己所在的地球。

那时,医学微生物学曾一度是一门缺乏活力的学科。

在西方世界里，天花病毒已被根除，结核病已无法施展其魔力，脊髓灰质炎疫苗的功效几乎已达到了百分之百。这场斗争似乎已经结束。接下来只要战胜其他疾病，去治理那些在发展中国家仍然肆虐的病毒和细菌，艾德瓦准备在这项研究领域中投入自己毕生的精力。

一九八一年，阿姆斯特丹有一名病人死于一系列神秘的重症。零号病人是一名健康强壮的男子，却在很短的时间内，因一系列免疫系统疾病断送了生命。尽管该院的所有专家都围着他进行会诊，但谁也无能为力。

一九八三年一月，三名有同样病症的患者被记录在案，几个月后，又增加了七名。不到年底他们大都已经死亡。

他们的免疫系统已完全失去抵抗能力，各种炎症乘虚而入，摧毁他们的身体。他们的躯体瞬间成为病毒与真菌、侵袭性皮癌以及损害大脑和脊髓神经系统疾病的舞台。这些病人爆发失明与痴呆，被自己的体液溺毙。无人知晓这是什么疾病，也无从了解它的缘由，只能观察到患者多是男性同性恋。他们通常随意更换性伴侣，一些受访者每年甚至有上百名性伴侣。

艾德瓦听到实验室里有人称之为“同性恋癌”，但大家很快就发现，血友病患者、吸毒者和接受输血的人群里也很容易受到这种疾病的感染。这种疾病最终被冠以“获得性免疫缺陷综合征”,或被简称为“艾滋病”。

艾德瓦当时才二十五岁,在做毕业研究,身边都是一些研究新疾病的,这样,他得到了著名病毒学教授赫尔曼·维赫博杜斯的博士生空缺。维赫博杜斯教授把艾滋病病毒提取物揣在兜里,从美国回到荷兰,这一度被传为佳话。艾滋病病毒把昏睡的医学微生物学研究一下推向了当代科学领域的风口浪尖上,当时艾德瓦巧遇良机。这项研究可以带来金钱和名誉。那是荣耀的一面:富有突破性的研究,令人兴奋的新事物,富有开拓性的工作。研究者们被冠以艾滋病研究领域的先行“牛仔”。

但在另一方面,其中也充满了恐惧与绝望。因为怕被传染,有些外科医生拒绝为男同性恋者做手术。谁都不知道这种病毒如何传播——似乎一切都可能成为传染途径,人们以为通过空气,通过性接触,甚至坐在马桶坐圈上,都可能被传染。实验室的一名女助理在短期内诱发了重度洁癖,在用移液管处理病毒时极度恐慌。维赫博杜斯进来时,偶尔会大喊一声“病毒!”,当大家看到她在凳子上僵直起来时,会发出一阵笑声。这名助理最终不得不转换研究方向，在乌特勒支大学兽医部获得了博士学位。

艾德瓦生活在恍惚之中。大批病人死去，科研宛如战事，情况十分紧迫。实验室工作人员必须向公众做普及知识的工作，去面对一屋子满面惧色的男同性恋者，“兰奥尔医生：我的伴侣和我都是阳性，我们还要带套吗？”

所问的问题尚无答案。

在一次工作会议上，维赫博杜斯说：“看来，我们要向整个第一、第二代人道歉了。”

实验员们保持缄默。“为何致歉？”终于有个女研究员问了一句。

“反正要道歉，”维赫博杜斯答道，“因为他们都无可挽救了。”

在秋季的某一天，艾德瓦在餐厅里的小电视机上，观看在海牙举行的一次反核武器游行。它可能会发展成为荷兰有史以来规模最大的示威游行，解说员这样评论着，身后走过一批又一批游行者。

有个人来到艾德瓦身边站住，看了一会儿屏幕上的马利菲尔德草坪，议论说：“一群傻瓜，他们哪里知道自己不会死于核武器，却会毁灭于病毒。”

在维赫博杜斯的严格栽培下，七名博士生和博士后成为了人才，在《自然》《科学》《柳叶刀》等著名学术刊物上发表文章，不断得到大量的科研资金。艾德瓦参加各种大会，从维赫博杜斯那里获知谁与谁不和，并应当和谁谋求合作。“你应当懂得此道。”维赫博杜斯教导他说，“通晓游戏规则，这一点加上出色的研究，小伙子，我们便可以凭借移液管整出一枚诺贝尔奖章来。”

他说话听起来像个汽车销售商，但艾德瓦也明白他的冷酷与好斗是他的成功之本。

“科研工作主要是从事毁誉，”晚上维赫博杜斯在酒店酒吧里说，“这是一项富有创意的破坏活动，是毁灭他人的事业，因为你的研究工作，是建立在推翻别人研究的基础之上。”这显然其乐无穷。

艾德瓦在这种竞争激烈和权力欲极强的环境中成长。维赫博杜斯将追求荣誉与公共实用性天衣无缝地结合在一起。艾德瓦亲眼目睹他对病人如何表示关注，又如何在摄影机镜头之外，做出一副要抢在荷兰全国卫生组织或巴斯德研究所之先的姿态。

艾德瓦丝毫没有被维赫博杜斯的威严所震慑。他知道自己因科学方面的直觉而备受人们的尊重。此外,凭借自己的天赋,他能够浅显易懂地将科研现状解释得一清二楚,于是,维赫博杜斯通常会把向媒体提供信息的任务交给他。围绕新反转录病毒的新闻,一时间引起了人们广泛的兴趣,于是,艾德瓦每周都会向媒体做一次通告。

维赫博杜斯和太太住在阿姆斯特尔芬郊外的一所别墅里,他们还养了两只狗。艾德瓦有一次应邀来聚餐,当他们从草坪走过来时,维赫博杜斯建议他好好把鞋子在草地上搓一搓。“这样可以少带点城市的龌龊进来。”

艾德瓦觉得,对于这位国际著名的病毒专家来说,这种想法极不科学,而且令人费解。他暗想:真是个异类。椅子上躺着他们的两只斑点狗。大家到饭桌前就餐时,狗得到些食物。师父师母为什么没有要孩子的问题,他始终没敢问出口。有一天,艾德瓦走进维赫博杜斯的办公室,说:“赫尔曼,我有件事相求。”

在培植人类细胞时,艾德瓦观察到炎症所受到的各种作用,这证实了他对两种病毒的猜测。他们深入探讨这种假设,从一群病人身上系统地分离出病毒。发现一种艾滋病病毒感染者比另一种病毒感染者死得更快。从来没人想到这一点，他是头一个。

大家从实验室冷藏间拿出几瓶香槟酒来，欢庆的气氛持续了数日。艾德瓦凭借这一发现，获得了博士学位，在《科学》《柳叶刀》杂志上发表了四篇相关文章，并一跃晋升，从一位青年研究员变成了维赫博杜斯的一名得意门生。

他的灵思妙想来自一时的敞亮，这种觉悟的时刻十分难得——因为他做研究靠摸索，仿佛潜入污浊的水中。

他很少驻足去回想这个改变自己生活的重大转折，自己从一个可靠的“实验白鼠”，一夜间成了瞩目的人物——一个在世界上有头有脸的人。多亏蛋白和核酸构成的微生物，这样微小，需要用电子显微镜才能观察到。全世界都在谈这个课题，他是实际看到这些病毒的极少数人之一。

维赫博杜斯一直作为最重要的作者，在他们的文章里被提及，即使是在艾德瓦单独想出来的研究项目里也照例如此，他对此默认。他们之间产生了某种默契，他不愿显露出受伤的自尊，以免被它扰乱了心神。

在柏林的一次大会上，艾德瓦首次发觉某种松懈。时值一九九三年，始终仍未找到任何治疗方法，一种能够遏制病毒的神奇子弹。十年的研究结果只带来了少量的改善，大多数患者难以逃脱死亡的厄运。直到三年后,有了综合疗法后,艾滋病才逐渐变成了一种慢性病。

他有时满怀忧郁地去回顾艾滋病研究的初始阶段。当时的创造性和渴求似乎已经消失殆尽,这不仅是他个人,而是整个研究领域的情形。

其间,在这股漩涡中,他的母亲去世了。直到他面对父亲的悲哀时,他才流下了眼泪。葬礼过后,他第二天就来上班了。

这种想念让他有些诧异,他突然间意识到自己人生边缘的空洞。他再也无法向她提出问题。母亲那只放在他脖子上的手,曾经给过他何等的安慰。自己无论做了些什么,都会给母亲带来温暖的自豪感。他有时会发觉自己在想:回来吧妈妈,你离开的时间已经够久的了。

赫尔曼·维赫博杜斯是第一个敢于承认魔法已经消失的人。师生二人坐在一家日本餐馆里,端上来的生鱼片放在拱形冰雕下面。维赫博杜斯用筷子先在冰上钻了个孔,然后继续把冰捅碎。“这个,真奇特。”他喃喃地说。

他很快吃完,像个征服者。

头也不抬,他告诉艾德瓦自己在考虑洗手不干了。艾滋病已然成为药学的问题，再没有基础学术研究的必要了。一家上市生物科技公司已向他提供研制疫苗的资金项目，他觉得现在是退出学界改行的好时机。

金钱在向他召唤，艾德瓦想。维赫博杜斯一向对金钱感兴趣，现在他人已将近五十岁，一定会抓住机会大捞一把。艾德瓦明白导师如今推心置腹，也是在敦促自己不要在这里继续多待下去，他们在这个领域里已度过了最辉煌的时期。

*　　*　　*

他的未来，是带着翅膀向他飞来的。一九九七年在香港，有十八人受到了 H5N1 禽流感的感染。六名病人死去。三分之一的死亡率。西班牙流感病人的死亡率大约是四十分之一。全球响起了警报。禽流感首次直接传染给人类，而不是像先前那样，病毒先要寄生在猪的身上。一场灾难似乎即将来临，人们难以预测究竟会失去六人，还是六百万个生命。在香港地区，有两百万只家禽被清除掉。

那是一个开端。空气中预示着变化即将到来。

艾德瓦和比尔多芬传染病预防中心主管雅普·赫尔

松,安排了一次约见。在开往酒店餐厅的A1高速公路上,他想起了维赫博杜斯曾说过的话:“最好的时光已经过去,已没有创意可言,我们要自我创新,艾德,去寻找新鲜事物吧,你要伺机而动。对此不必感到羞耻,机会主义没有错。”

在炸土豆泥棒和面包端上来之前,赫尔松就说:“像你这样的人,我总有职位可以提供的。”

艾德瓦说:“你还记得海牙那次大游行吗?我在看电视,你来到我身边站住,说了一句我永远都不会忘记的话。大意是,我们不会被核武器毁灭,却会毁灭于病毒。”

赫尔松点点头。“那时我大概是随便说说而已。”

艾德瓦往返于阿姆斯特丹和比尔特霍芬之间,这样驱车上下班将近两年。他最终搬到了乌特勒支市,住在面朝维赫敏娜公园的一所带花园的房子里,这样可以离办公室近一些。家里的布置十分简约,每天晚上回到家,感觉就像来到了陌生人家里。当他看到别人的生活时,他们那舒适的住宅连同爱人和孩子们,令他艳羡不已。从那时起,他们组成一个闭塞单元,以此为核心,半个世界被拒之门外。你会失去他们。有时甚至再也见不到他们。

一九九九年，艾德瓦成为人畜共通传染病及环境微生物实验室主任，并得到特座教授一职，这样，他可以每周向乌特勒支大学生讲授微生物驱动人畜共患病的课程。

他的名片上印着：艾德瓦·兰奥尔教授博士。但他却像一片树叶，仍然过着飘摇不定的生活，无异于在法兰克福、新加坡等地生活。他和女人时有往来，都是昏暗的灯光下的邂逅，酒馆门廊里具有决定性的几句攀谈：“我们有三种选择：去你家，去我家，或各自回自己的家。你只可选择前两项。”

他精于学生生活，但发觉自己已不适合再这样继续下去，却又不清楚自己该如何改变。那天，他在露台喝咖啡时，一个姑娘骑车擦身而过，让他意识到自己还缺少了什么。当她消失在人群中良久，在欲望的刺痛消退之后，他心里萌发出一种新的感受，这是对一个不曾相识的人的强烈思念，远远超过了热恋的风暴和多年婚姻的危机，宛如在垂暮之年，再次回味一段戛然终止的恋情，这让他怀疑自己的爱所能达到的程度。这是一个他永远不会忘记的时刻。那个骑车姑娘的形象包含了所有的元素，如同自己从世界各地收到的微生物的DNA，但依然如此轻盈，难以衡量，宛如闪光的泡沫，随时间静静地飘浮，他随时随地都可以去回顾。

*　　*　　*

他一有机会,就在美国滑雪胜地阿斯彭举行大会时带上了璐特。到达时,机场上有名司机举着兰奥尔夫妇的牌子前来接机。没多久,璐特已站在下榻酒店的窗前,眺望被白雪覆盖的宁静山脉。艾德瓦则头枕着交叠的双手躺在床上,满足得像个黑社会老大用钞票溺宠他的情人。她转过身来,问:"这些都由谁买单?"

"葛兰素史克公司。"他答道。

她又向外望去,对着玻璃窗说:"我们普通人难以想象,真是难以想象。"

早上,他去参加讲座并和老相识们打招呼。演讲者都已穿上了滑雪服。最后一位发言者把滑雪镜戴在额头上,说:"女士们、先生们,我不再赘述,因为您的心思自然早已在滑雪跑道上了……"会场上,千百个喉咙轰地发出一阵笑声。

艾德瓦和璐特吃了一顿槭糖华夫饼外加蓝莓和荷包蛋的早午合餐,然后,在午后较晚的时候,才首次坐上电缆车。

两个人都不大会滑雪。艾德瓦的关节有点毛病。从山坡滑了几个来回后，在电缆车上，璐特头偎依在他的肩膀说，这幅美景在她长大的博泽姆，似乎是绝对看不到的，那里有时可以在地平线上看到山地——不过，那只是几团云朵，当它们消失后，又可以重新看到广袤的绿色，时而被一些教堂塔楼点缀着。

下午她在露台眺望着山谷时说，那时农人就已经尽量让牛群待在里面了，连春夏两季都如此，只有个别农户放养牲畜，他们一点不在乎。可是她吃素的决定性时刻，始于那次到小朋友家留宿，半夜里听到猪被人从猪圈拉走时的叫声。那群猪被赶上卡车的声音凄惨得实在令人不可言喻，于是就在那一夜，一个异类的痛苦深深地刻在她那幼小的心灵。发出那种叫声的动物明白了一切。它对自身命运具有某种形式的意识，由此产生无法平息的恐惧。这不用语言她也能意识到了。那天夜晚打开了她与世上其他生灵之间的隔阂，一经如此，便再无回头之路。

那个感知到痛苦的女孩与眼前在雪中向他诉说的女人之间毫无差别。

艾德瓦早些时候已经听过这个故事，有些变异和补充，他对她的重复予以谅解，并努力去理解一个九岁女孩的心灵感受，但有时，仍不禁为那些已从自己厨房消失的食物感到惋惜，不说别的，单指煎小牛肉片配柠檬汁、羊排裹脆面包屑最后撒上些许碎奶酪等自己拿手的菜肴，便可知一二。

两年多前，就在他们相识后不久，他买了几本素食菜谱，为了在家适应她的饮食规则，璐特对不吃肉这条戒规十分严格，但她还是吃些海鲜。其中的一大好处是，他们在一起的半年内，艾德瓦轻易甩掉了六公斤肉。但让体重继续减轻这一希冀却没有实现，他最终一直停留在一百一十公斤左右，按自己的个头，体重仍超出了二十公斤左右。

璐特在大学初期，在“占领空房行动”的集体食堂里曾为一群有机食品饮食者做过饭，但很快就被调去做服务工作了，因为她根本就没有做饭的天赋。璐特早先那些激进圈子里仍有几个往来的好友，有几次到他们家吃饭。在艾德瓦眼里，这些人吃素，带着某种贫瘠和挑剔，而璐特吃素对他来说，却显得那样纯真和高尚。

下午五点钟，他们回到山谷。璐特回到酒店，艾德瓦还有些公务在身。大会中心有个海报展示活动，研究员们的靴子上还沾着残雪，手持一杯金汤力走览于海报之间。同一所研究院这批研究员当中最优秀的两名博士后，昨晚已提前到达阿斯彭。可惜那个姑娘算不上漂亮,漂亮的外表毕竟占据某种优势。很久以前,当艾德瓦还在做研究助理时,他和一个来自富人区拉伦的曲棍球员一起站在阿姆斯特丹研究所的海报前,她受宠若惊,却又故作受辱地说:"我在两个小时内就得到了三个研究员位置的受聘机会!"

晚上,艾德瓦和这两名博士后从大会中心回到酒店,这场活动进行得很顺利,一家制药公司对他们有效地使病毒变异的方法表示感兴趣,此外,还对中和抗体十分关注,它能一举歼灭病毒。这是艾德瓦亲自在做的唯一一项研究。他着手研究的病毒来自集约化畜牧——各地时常有小规模病发案例上报疫情,但损失并不大。几个死亡的案例,几处采取了家畜宰杀清除——世界卫生组织和粮食及农业组织很快采取有效措施。这项研究让他想起自己在阿姆斯特丹的那些年,但不免惋惜如今已不再有往年那种的紧迫感。也许他只是失去了这种感觉,因为心中之火已在慢慢泯灭。

当璐特走进酒店酒吧时,他们已经点了两回饮料。她穿着挪威款式的毛衣和闪亮的白裤。他仍然觉得璐特不属于自己,认为没有征服她,而是偷窃到手的。璐特撩起自己的情欲,令他亢奋。有的女人天生丽质,肤色一直保持红润而且身体很健康。当她们变老时,金发只会褪去几度色调,变成银灰白色,像美国电视连续剧《豪门恩怨》里的琳达·伊万斯。他暗想:眼前这些人里肯定没人知道谁是琳达·伊万斯,他们年轻时认识的是另一批名人。

“你应该去上几堂滑雪课,”小伙子告诉璐特,“会突飞猛进的。”

“取其字面之义啊。”那姑娘接茬道。

艾德瓦不喜欢璐特和同龄人在一起。这会暴露出他俩在一起时的情景:他没有因为璐特而变得年轻,而璐特却因为他而变得老成。当璐特跟同龄人在一起时,会显露出她的真实年龄:变得轻松而富有活力,艾德瓦却被留在他那未来的岛屿上,喃喃自语。

*　　*　　*

艾德瓦·兰奥尔很少去回顾自己的孩童时代,他只珍惜儿时在村子周围游玩时留下的一些深刻印象。那时他喜欢到国防军打靶场和它后面的森林里去,在树墙和野草荒地里漫游。在他的记忆里,这是一片空旷地,极少有人涉足,仿佛一个消失后的世界,或是一艘无声地沉落在水平线下的船只。

有时他会碰到一个水泥砌的尸体箱，他不知哪来的强烈渴想，驱使自己去打开它。金属盖具有某种平衡，打开以后会一直开着，他看到里面的牛犊、羔羊、猪崽等等，有的还裹着胎盘，甚至有一回，里面竟然有一匹马驹——简直就是载着死尸的诺亚方舟。他不禁迷失在柔软的眼睛里那幽远的空虚。蛆虫爬出这些动物的嘴和肛门。令他兴奋得禁不住发抖，去观察肿胀和畸形，但有时小牲畜似乎完好无缺，很难看出死因。有某种内在的东西，某种构建错误导致这只完美的动物毙命。

每当畜牧棚里蔓延着一种高度致病的病毒时，他会想起早年见到的尸体箱——比如说，当荷兰食品和消费者管理局紧急召开会议，建议宰杀清理牲畜时，方圆十公里有三千五百万只鸡如何在几天之内消失，这个数字已超出了他的想象力。一个满是鸡崽的棚子，如波浪涌动的一片充满生命的表层——饲养员在里面走动时，会拨开这片大海。在没有病毒的饲养场内，他看见饲养员如何将虚弱的病禽掐死，并为了保险起见，还要把它们的后脑勺在自己的木鞋上磕一下。他们把死禽扔进装满鸡崽的桶子里，胳膊重复着无数次同样的动作，而且扔得很准，难有失误。如果鸡稍大一点的话，饲养员便拉着独轮车转遍整个饲养场。

没有人为那些鸡流一滴泪。对于猪和牛则不同。穿着白色制服的男人们用吊车将猪、牛的死尸装上卡车，那般末日景象至今仍深深地印刻在许多人的视网膜上。

当禽流感暴发时，所有的家禽被毒气熏死，然后让没有得到足够的防护信息的廉价劳力，如学生和难民来清空饲养场。处理牲畜死尸的 Rendac 公司，如今用大型装运车替代了当年的尸体箱。如同死亡从大自然消失，活的动物也逐渐从大自然消失——它们如今生活在不断扩大的综合饲养棚里，在很短的时间内以惊人的速度生长。

艾德瓦有时难免会和璐特谈起这些事，这时他通常会躲藏在事实背后。他说，传染病疫情大多在亚洲暴发，因为人畜之间的接触比较密切。那里的农贸集市上，你可以随处见到鸡鸭的笼子堆叠在一起。这种链条之间的关联，便一目了然。鸭子通常是野生动物同类病毒的携带者，鸡被它传染。赶集的人数稠密，难怪首次禽流感传染给人的案例在这里发生。再加上城市化和每年十亿旅行人口流动，可想而知，几天内便会有瘟疫大暴发的可能性。因此，鸡应该在受保护的条件下饲养。它们在外面放养的风险很大。这无论是对鸡还是人而言。别忘了，他继续说，西班牙流感夺去的生命，是世界人口的百分之二——这意味着我们每个月要举行三至四次葬礼。

而她的辩论却固若金汤，如果世界是这样，她说，那它不该让这种情况发生。是资本主义和扩大生产，让世界变得如此丑恶，璐特有时因艾德瓦在维护产业的利益而感到担忧。

艾德瓦回答说，他并不喜欢自己所看到的现象，那番景象极其丑陋邪恶，但他不是管审美和道德的，他只管抵御现实世界里形成的疾病，防止它们继续恶化。

“那，那些动物的痛苦呢？”她问道。

问题问得那样天真，使人惊讶。

他说：“人也是动物。”

“可痛苦不是好事，”她说，“你就不该做那些让痛苦加剧的事情。”

艾德瓦正要考量两人此刻是否即将面临争吵，谁知她已开始发问：“你知道什么是疼痛吗？真正的痛，我觉得你并不清楚，要不然你怎么能在那样的饲养场里走动而毫无感觉呢。”

“所以，要想感受鸡的疼痛，你就得亲身去体验……照你说，什么是鸡的疼痛呢？”

“恐惧与困惑。”璐特马上答道。

艾德瓦提出这个问题意在取笑璐特，却说得让人听不出任何鄙夷，可当他回想起自己去过的养鸡场时，恐惧与困惑的确是那群鸡崽和鸡对自身处境反应的精确描述。

*　　*　　*

显然已露出种种先兆：当艾德瓦在读实验期刊时，玛玉莲・凡玉嫩，一名他隐约觉得性感的分析员对他说：“不久您就会觉得自己的胳膊不够长了。”当艾德瓦走进实验室时，她把白大褂脱掉，里面那件T恤的颈部裁得很低。因为岳父上次的预言，艾德瓦拒绝去查视力——如今，他已经四十五岁了，看来那次预测准确到了年份。璐特觉得他老是把手机和笔记本屏幕上的字体放得太大，而觉得好笑，于是便给他买了一副椭圆形小眼镜，与舒伯特和莫里克戴的眼镜是同一款式。当纸上的文字跃入眼帘时，他纳闷自己为何能在这么长时间安适于模糊不清的文字。

有时，用小棉签在白鼬的咽上部蘸病毒时，他会想起璐特提出的问题：你知道什么是疼痛吗？你怎么知道你哪个感官敏感与否？这没有客观指标。疼痛是不可测量的。他这时会想,这是个令人费解的科学疏漏。午间,他环顾研究院餐厅的四周,身边都是些流行病学家、免疫学家和病毒学家。自己在一群唯实论者中间,是其中的一员,都是一群为维持现状服务的人。他们知道什么是疼痛吗?他们能把自己的疼痛跟自己用于实验的动物联系起来吗?他看看托盘上自己挑选的午餐:一小杯牛奶和面包夹炸牛肉薯饼(双份牛的疼痛),一只香蕉(香蕉的疼痛?),面包夹肉片。他认为,那是猪肉。他看见自己部门的两名试验员坐在小桌前。

“赫丝特,玛玉莲,”他打招呼说,“我坐在这儿吃我的面包夹猪的疼痛,二位不会介意吧?”

“兰奥尔教授博士。”玛玉莲·凡玉嫩应道。

他听出其中的调笑。正是那种不太引人注目的美,让他觉得很性感。她的身姿略显轻浮,像自己故乡里有些女孩,据说她们跟谁都去教堂背后做那种事。

艾德瓦每周两次都会去健身房。他试着在公园里跑步,过了一段时间,仍无法忍受那些迎面而来的跑步者的目光。总是不由得被那些赶上自己的男人惊吓,他们那可恶的呼哧呼哧的喘息声和脸上的汗水,个个活像是来打劫的。

在健身房里,他眼盯着前上方的商业电视台节目,扬声器却播放着一些清脆响亮的无聊流行歌曲。一群无声的电视厨师和股市分析家先后出现在屏幕上，新闻播音员面带着微笑。只有当一个出众的身材在他的视线内晃动时，比如一个穿着七分健身裤的姑娘和她那双美臀，或是一个黑人小伙子故作满不在乎地做着牵拉运动时，才能把他视线从屏幕引开。每次瞥见漂亮身材都会摧毁他对自己身材残存的一点积极想法，会突然自我感觉渺小且毫无价值，这时人虽然还在提拉着重量，心里却恨不能马上跑回家去。

在车里，艾德瓦心想，自己起码还活着，聊以慰藉，而那些自我陶醉的同性恋者，一副副健身房里锻炼出来的身材，在阿姆斯特丹岁月里，他亲眼看着他们逐个遭到毁灭。但他深知自己的内心防卫有多么虚弱，事实上，自己的身体“一切尚能工作”给他带来的安慰，是多么微不足道。

当他回到家时早先那种脱离感消失了。璐特一搬进来，就把住所打理成他们的家。门堂厅和楼下厕所都漆上了所谓的“加勒比海色彩”，厕所窗台上摆满了北海沙滩上捡来的贝壳，里面掉出来一堆堆沙子。

“你竟然能这样生活！”她第一次跟他来到家里就这么说。对艾德瓦的争辩她毫不理会，他说躺椅和一把椅子都是用真皮和木头做的名牌设计。

她侧身伸出脑袋在书架前站了一会儿，问："这些书你都看过吗？"

"而且全都背下来了。"他答道。

他的那些稀疏的家具，逐渐被她带来的东西和小东西淹没。楼上有她自己的书房，她在那儿终于写完了毕业论文，不是出于灵感，而是前辈给她灌输的义务感使然。她来布置这个房间时，里面空无一物，连搬家的纸箱或坐穿的椅子都没有。他隐约觉得自己大概是在看房子时进来过一次，但对这里，就像他对璐特的诧异的回应，自己在这里从来就没事可做。

"蓝胡子的小屋，"她说，"只是里面什么都没有。"

她现在每周四天，在一个对家庭财务行为进行调查的协会里工作，并为荷兰社会事务部做有关弱势群体在财政经济方面的顾问。有一回，他俩同一个晚上在电视上出镜，她为老年人当中为人不知的贫困状况前来接受采访，而艾德瓦则是为生物恐怖主义威胁而来。

"真邪门，"她说，"你在商业电视台，而我在公共广播电视台。"

自从那次阿斯彭之行起，她就认识到科研与产业之间的相互联系，尽管艾德瓦试图向她解释，表示别无选择，要不然各种基础研究就根本无法进行，甚至他的教授一席也是达能和葛兰素史克赞助的，但无论如何，这无法消除她的反感。“我相信你，”她说，“但不应该这样。不该如此。你还怎么能保持客观？他们到底在制造什么，药片吗？”

“药片和所有的东西。”

“我不相信他们请你到美国去享受那种旅行，不指望任何回报。”

“在科学领域，这种状况时来已久，”他说，“纯粹对学问感兴趣的研究者，背对着世界，那是完全不存在的。情况早就变了。”

“你没回答我的问题。”她踢掉自己的鞋子，眼前这动作显露出情况有点不妙。

“或许一切都那么复杂，”他说，“但整个过程在最初是比较简单的。我们的初衷都是为了解决问题。这样如果你被蜱虫叮刺，或在冈比亚有了无防护手段的性行为时，医生就不会束手无策了。”他向她伸出手来，“顺便说一下，至于没有防护的性……”

“去去去，我们还在谈正经事呢！”

她不由自主地来了一股辩论的劲头，为了维护自己的观点,她可以争到蛮不讲理的地步。

“你想让我怎么说呢,”他说,“说我是那些产业的人质,是吧?我才不是呢。这可能吗?确实有这种可能性。我认识的人当中,有的寻找界限,甚至有跨过去的,但这并不意味着你可以把每个人都归为一类……”

“我觉得所有参加那次大会的,没一个例外。吃喝,滑雪,做点人脉疏通,然后又是吃喝,滑雪……”

“你的意思是……”

“让人家那样款待你……司机接机,接风酒会,酒店房间……”

“也许是因为你那样享受,才会觉得那么不自在。”他回应道。

璐特起身走到厨房。艾德瓦拿起酒杯跟来。璐特透过玻璃窗望着黑夜中的花园。脸上飘着一缕头发。“这样吧,”她对自己说,“那次我是第一次体验到那样的待遇。真没想到那么优厚。真的很享受,美酒佳肴,山地美景,让人哄着入睡。但现在我明白了,那是如何运作的。”她转身对艾德瓦说,“那是我最后一次陪你去,希望你能理解。”

她的愤怒,已被另一种淡定的态度所替代,而艾德瓦的心里却蹿出一股怒火。“这……嗯……”他闭着眼睛点点头。那种旅行,随处是镶板玻璃墙的酒店,是他想象中他们一起生活的一个组成部分。如今自己反倒被它弄成个罪人一样。璐特看到他紧咬的双腭,等着他发火,但当他睁开眼睛时,已把愤怒的表情掩藏起来,慢慢开口说:“你那些新马克思主义者好友们,会为你骄傲的。不过,我对这个决定……一点也不欣赏。”

争论至此,艾德瓦不愿再说什么。他走上楼去,把璐特留在厨房里,她好不开心地把瓶子里剩下的酒全给自己倒上。

璐特看到了艾德瓦如何能克制,他无法掩饰他的胆怯。在记忆中,他从来没有在任何一次争执中不能自已。他能够自持,这比任何一种抗争都要费气力。

他想,假如他俩因争吵不断加剧,毁坏了两人的恋情的话,璐特还可以轻而易举地开始一段新的恋情。她很成功,而且魅力十足,她才三十一岁,生活仍有其他的选择余地,还可以生孩子。

最近他让自己的生日就这样白白地过去了,连电话都没接。他俩只是一起到公园内的一家餐馆里吃了一顿饭。他很高兴收到璐特给的一只手表,一只带白色指针的欧米茄。这样一份精致的礼物,她说,虽然戴在他手腕上显得有点微不足道。后来，当他喝多了以后，用难以置信的语调喃喃地重复了数次“四十六了”，引得璐特说，她希望这只手表不会给他带来误会。她的本意是，提醒艾德瓦前面还有多少时间，而不是已经消逝的时间。

当她半夜里来到他身边躺下时，艾德瓦从浅睡中醒来。他俩在黑夜里互相聆听着对方的呼吸声。

* * *

弗里索·瓦尔塔，璐特的弟弟，被这个世界上的所有娜塔莎都称作“心肝宝贝”。因为他拥有创意诗人一般的憔悴面孔，和与生俱来穿着西装人士的风度。她们偎依在他金黄的胡须下，抚摸着酣睡中的他那一头秀发。他在澳大利亚看过羊，在利马街头演奏过，而这一切却不得不终止。因为他爱上的女人，竟然赛过他这个极端的利己主义者：她在桌子上给他和孩子留下一张纸条，把父子俩撂在了阿姆斯特丹的南区老城。小男孩名叫亨特，和美国异教作家同名，是当年父母在巴厘沙滩上野合的结晶，在法国翁孚勒尔医院里出生。虽然快四岁了，但因为口腔肌力太弱，还叫不出自己父亲的名字，并且只能偶尔咕哝出一个词来。“哦”

表示大人该给他换尿不湿了,“喝”表示自己渴了。他的父亲弹着吉他唱起卡特·斯蒂文斯的歌来:“噢,宝贝,宝贝,这是个野蛮的世界。”直到他哭成泪人。这孩子长期患慢性痢疾,因为家里只有奶粉。

他们下午坐电车到市中心,一名苏里南女人惊奇地说:“这孩子太苍白了!应该让他晒晒太阳!”

在阿姆斯特丹罗金街上,弗里索唱着卡特·斯蒂文斯的歌。路人向他的帽子里投入零钱,他谦卑地微笑表示感谢。他的嗓音偏高,带点鼻音。孩子睡在旁边的童车里。

当亨特长到五岁时,就开始上学了。老师向儿童福利机构报告说他的语言能力发展迟缓,老师在报告中写道:亨特只有三岁儿童的发育水平。他宁肯坐在地上向前挪蹭,也不愿意站起来走路,而且从来没打过任何预防针,因为其父认为他“有权经受各种儿童疾病”。福利机构声称要带走这孩子,在这种压力下,弗里索才勉强同意养育辅助:每周两次,会有一名妇女到家里来和亨特玩耍,并和他做一些语言游戏。在辅导员面前,亨特有时从昏沉中醒来。周三中午,会有另一名妇女到他们家来给弗里索讲授哺育孩子的基础知识。亨特现在晒了点太阳,而且还学会造一些诸如“爸爸我要香蕉”,“爸爸很笨”,“看海豹来了”等简单的句子。辅助员上报说,监护仍需继续,但“孩子的父亲能理解并能把他所学到的育儿建议应用于实践”。这位家庭的辅导员,今后将会在每个季度来做一次家访,平均也就是每年两次接触时间而已,因为失约时,只会取消而不再另约。

亨特·瓦尔塔就是这样长大的,这孩子肤色苍白,又毫无信心,由一个相信舍弃世界的,也就是等于由一个全然忽视自己和儿子的父亲来看护。

一天早上,门铃响了,璐特打开门。站在门口的男人说:“我的漂亮姐姐。”璐特让弟弟进来,一时不知说什么好。弟弟带孩子来了,他藏在爸爸身后。璐特跪下来对他说:“还有你,小家伙,你就是亨特吧。”

在厨房里的一张桌子前,璐特问弟弟登门的目的。“我是从咱妈那里得到你的地址的。”弗里索答道。璐特去看那个小男孩,觉得哪里有点不对头,却又说不出来。他在使劲地吸吮着奶嘴。

“男主人呢?”弗里索问道,“他在哪儿?”

“艾德瓦在工作。”璐特答道。

“那当然,得有人工作。”他打量四周,一副闯入者的眼神,“房子不错啊,女士。拐角不远处就是小游乐场。万事俱备,就差个孩子。”

在弗里索青春期的某一阶段,璐特失去了弟弟。他决定成为姐姐以及每个人生活中的陌生人。

弗里索想把亨特留给璐特照看一周,自己必须到蒙特勒去办件事,但他没说是什么。

到了晚上,璐特对艾德瓦说:“在我还没意识到的时候,他就走了。”

“游击战术。”

璐特去查看在沙发上睡着的孩子,身上盖着被子。瓦尔塔家族典型的几缕金发抹在脸上,他用嘴巴呼着气。“是个可爱的小家伙。”璐特说。

“他妈妈呢?”

“是个法国人吧。她把亨特留给弟弟,听我妈说的。必要的话,我可以把他送到弗里斯兰……”

“可是……?”

“他是我侄子。我还一点都不认识呢。不碍事,我可以请几天假……”

这周他们家里便有了个孩子。这段时间里,艾德瓦一直在担心璐特的弟弟不再回来接孩子。孩子管他叫“艾普”。艾德瓦带他到维赫敏娜公园儿童游乐场里玩了几次。“艾普，抱！”小家伙不愿自己爬滑梯，艾德瓦就直接把他抱上滑梯台。亨特尖叫着滑下来。在运动能力上，亨特远远落后于比他年龄小的孩子。他的一双小粗腿带着他，晃晃悠悠地走在游乐器具之间，他不让艾德瓦离开自己的视线。虽然平素比较害羞，但有时又突然会暴躁地夺走别家孩子的小桶和铲子。那些孩子名叫苏菲或奥利弗，知道暴力可耻，并效仿父母的策略，担任被动吃亏的受害者角色。艾德瓦默默地鼓励着亨特，过会儿又替他把玩具还给人家。

这时璐特过来与他们会合。她围着橙色毛围巾，这年夏天似乎迟迟不愿到来。树梢上挂着纹丝不动的灰色天空，宛如火成岩。

璐特从来没想过自己要做母亲，其实她一直延续着少女的生活，可近日来，当她手里一边忙着，一边思绪不定时，眼前偶尔就会出现一个小孩。那是个没有面孔，一团光亮的、柔软的物质——由孩子的精华构成的形象。都是些白日梦，但这种想象有时会钻入她的意识，逐渐形成一种想法，而且会变得越来越有分量。艾德瓦挨着她坐在板凳上，璐特见他发际流着汗。艾德瓦笑着说：“你觉得呢，要不咱也要一个？”璐特顿时一往情深地凝视他，眼里还流出了热泪。

还有一个想法几乎无法言喻:通过一个孩子,可以使她和这个孤独的男人之间的关系更有意义——让第三个参与者发挥作用。和他一直在一起的人生前景,这种无人在中间打搅的宁静,使她感到窒息。他俩会逐渐结成冰晶,在他的胡子上和她的脸上、眼睛周围和嘴角慢慢凝固成某种神态;他俩会在冻结的状态下,等待生命终止。

艾德瓦用胳膊揽住璐特的肩膀,把她搂在怀里。亨特看着他们,怕失去艾德瓦的注意,于是独自走到跷跷板上去坐。

到了晚上,小男孩睡在他们从宜家买来的床上,璐特突然说:“艾德,我也许想要孩子。”

艾德瓦沉默片刻,答道:“我一点也不惊讶。”

璐特在他脸上巡视,只见他一脸真诚,毫无嘲讽之意。璐特来到他跟前,像个女奴一样在主人面前跪下,一只手握住他的手问:“我可以问你还有别的想法吗?”问得十分郑重。

艾德瓦扬了扬头,朝亨特在睡觉的楼上示意:“是因为他吗?”

璐特耸耸肩。

“我想，”艾德瓦说，“那咱就这么办呗……，我们的生活，一切都会改变的，但……我的意思是，全世界的人都要孩子，我们为什么不能要呢？”紧接着又问，“怎么办？是要男孩，还是女孩？”

当他倒酒时，突然想起酒精可能会影响自己的精子的质量。加上近来他对性的需求日益减少，不免也把这一点归咎于酒精。

*　　*　　*

二〇〇五年春天，他们在法国索姆河畔的圣瓦莱里举行了婚礼。那天早上，先下了一场小雨，随后，云飘到海的那边。教堂位于村庄上方的田野里，长木椅上聚集了一群人。重要的出席者里只差弗里索和亨特。昨晚璐特给弟弟打了几次电话，但他始终没有接听。“他也许过会儿就会出现，”璐特解释说，“哎，我在这儿呢……”

艾德瓦用手抚摸着她的脸，抹去她嘴角上那不快的表情。

牧师是个表情冷淡的禁欲主义者，站在一个叫瓦拉利克，并且被尊奉为圣法勒里的中世纪隐士的墓碑上，一位圣人的坟墓上——仍有奇迹发生。牧师非常正式而又决然地宣布了他对这对新人的祝福。

此时太阳高照,人们抛洒的祝福米粒在阳光中闪耀。“我什么都没听清,但觉得精彩极了。”艾德瓦的岳父说。大家喝完香槟酒走下来,来到“忠贞之源”,一潭从教堂所在的山坡流淌下来的深色泉水,此时被铁网围着,牧师有此处的钥匙,但他已一脚踏进了自己的标致车,顺着乡间小路开走了。艾德瓦和璐特在一块刻着“忠贞”石牌的拱门下摆姿势拍完照后,隔着栅栏向深色的泉水投了几块硬币,随后再次互吻对方。

大家为他们欢呼,拍手叫好。

他们带着幸福的微酣穿过田野,回到村庄。山坡脚下的河口已经断流,淤泥滩在阳光下闪闪发亮。

在码头餐馆洗手间里,艾德瓦审视了一下镜中的自己。一脸花白胡子,雪白的衬衫最上面的两粒扣子没有扣上,一副希腊歌手的模样。

桌上摆着的银盘里盛着冰,上面摆满了各种贝类,桌上的食物应有尽有。艾德瓦看着旁边的妻子,看她如何咬裂一条蟹腿,然后把它掏空。她说,这是一次破例,因为自己不知道怎么用法语说“可持续性捕捞”。艾德瓦多么渴望自己能与母亲分享此时的快乐。父亲坐在他的斜对面，一头蓬松的白发，旁边坐着他的新女友。父亲还能重新像跟母亲在一起时那样快乐吗？艾德瓦自忖道。难道一个人只能有一次投入全身心的爱情吗？就像自己在哪里读到过一样，还能重新得到机会吗？人生哪来如此的福祉？此刻他玩味着失去璐特的甘苦，想象不出自己的“杯”中还能像此刻这般充盈。

他喝着冰镇葡萄青酒，璐特在耳旁细语轻喃爱意，告诉他待会儿单独在一起时，她会……

我们此刻不再去打扰他们，在这条相距二百五十公里发源的索姆河入海处，让他们沉浸在幸福之中吧。

*　　*　　*

因为璐特一直怀不上孩子，于是，他们便去做了生育检查。艾德瓦在医院的一个小房间里，借助一本翻旧的色情书和电视上播放的一部“史前”无声毛片做完手淫。他闭着眼睛想象着玛玉莲·凡玉嫩，逐个扯开这个试验员的白大褂按扣。她的乳房、皮肤焕发着青春气息，挺身坐在高凳上，背靠着通风柜，让艾德瓦进入……

值班护士让他在标签上填好个人信息，然后贴在小瓶子上，这样，他的精子就不会和旁边那位水果般面无表情的北非人相混淆了。他们后来在停车场上慢驶时，又碰了一面，北非人开着一辆破旧的菲亚特，他则开着一辆大众途锐。他的精子质量或许与一个移民的一样低劣，开的这辆车却还算胜人一筹。

几周后，妇科医生说他的精子的成活率只有百分之三十五，“和一名卡车司机的差不多”。这位男医生背后的布告栏上贴着不少婴儿的出生贺卡，一派喜气。医生告知他所进行的生育调查，侧重于特别有生育力的男人们。“要想知道保时捷为啥那样棒，”他说，“就要调查一辆保时捷，而不是特拉贝特。”

医生向夫妇俩解释了此后会有什么预期之后，他们便离开了诊所。这是一个绝望步步升级的过程，从头至尾要一一尝试用各种灵妙的现代繁殖技术——宫内人工授精，试管婴儿，再不成功就采取ICSI，即卵胞浆内单精子显微注射技术，这是从一批死精子中甄选出活性最大的精子细胞，将它注射到卵子内。一般两个受精的卵子会被置入子宫内，这种方法通常会提高双胞胎的发生率。在停车场里，璐特抚摸着艾德瓦的下胯说:"亲爱的,真是一辆特拉贝特吗?"

义务侵入了他们的性生活。两人浑身不自在地去做爱,璐特还记下何时进行。因为艾德瓦平时在工作日里不喝酒,有时他更是满脸愁容,让璐特不由得叫道:"看在老天的分上,打开一瓶酒得了!"

晚上,当他们站在浴室洗漱镜前时,艾德瓦看到的是一个年轻女子和一个老头。在步入五十岁时,每个人都会得到自己应有的相貌,奥威尔曾这么说过,但艾德瓦却觉得自己在将近四十八岁时就达到了这种境地。有些日子里,他再也摆脱不了犹带睡意的倦容。

他坚信璐特和自己不知不觉地陷入了悲剧性年龄的相互作用之中。璐特让自己适应了艾德瓦的年龄,而不是个性。对,就是这么回事:璐特因为他而变老,艾德瓦又因为璐特而变得比自己的实际年龄更老。他非常留意自己在裸体时,不当着璐特的面向前弯腰,因为自己的肚子和胸脯看起来像是从骨架脱离似的,由此形成垂坠的、没形的褶皱。比如说,当牙膏盖掉在地上时,他会慢慢蹲下去捡,并尽力克制自己不发出如释重负的声音。

也许这就是他的痛苦,就是菩萨所说的带来不幸的痛苦：衰退的敏锐意识。跟自己同龄的女人在一起，或许会大不相同，他这样猜想，两人会很有尊严地一起老去，并会对彼此的衰老迹象非常得体地故意避而不见。

璐特和他不会一起白头到老。因为他已经老了，如果按人口统计的一般法则来计算，艾德瓦会看不到她变老。他多么想回到当初，那时这些事还没有像今天这样令人烦恼。重温一下征服她的胜利感！可眼下，六年之后，他知道这是永远无法宣称的胜利。一个胜利的开头，如今成了一场不平等的抗争。

每天早上，他会吞下一堆药片，它们的作用尚未得到证实。对自己的非理性的信念，他有点感到愧疚，竟然认为海藻、人参、蜂胶能带给他青春与活力，但他又能想开，把它当作记忆中赫尔曼·维赫博杜斯当年让他在家门前草地上把鞋子蹭干净一样去对待。

其他方面，他与自己早先的导师无法相比，雅普·赫尔松也是如此咄咄逼人，认为幸福是自己应得的。像降落伞兵一样，落在生命之上，并用武力制服它。天啊，这是一种何其潇洒的魄力，艾德瓦心想：他知道自己可以去效仿拥有如此魄力，却无法真正拥有它。他可以佯装具备这种品质，借此勾引到女人，但时间一久，便难以令人信服。

璐特在喷头下洗长澡，这是个迹象，表明她正准备和他做爱。他寻思着自己此刻能否唤起该有的性欲。如果他去舔她或许还行。

璐特在蒙着水雾的玻璃门上擦出一个冰窟窿一样的洞，并把鼻子顶在那上面，艾德瓦亲了那里一下。“我就来。”璐特说，话音伴着水的冲淋声。艾德瓦躺在床上把玩着自己的阳具，希望能先唤起一点“生机”。

他清晰地记得当年如何只消用手一指，就能让它勃起，与因义务的压力所致的，被璐特称之为“似硬非硬”的状态截然不同。

“和你们相比，我唯一的优势，”艾德瓦有一次对自己学生说，“是我知道作为你们是怎样的，而你们却根本不知道作为我是怎样。这是我仅有的优势，除此之外，世界是属于你们的。我们或许拥有购买力，但你们却拥有殷实的未来资本，无论那是什么。”

当璐特不一会儿来到他身旁，凑近轻声说：“对不起，亲爱的，又得有劳你了。”他已不是第一次咒骂自己，竟然连如此超凡的美人都会习以为常。一切都变得普普通通，而习惯与步入死亡的大门又有什么区别？她的美貌也难保能让自己欲火中烧，像玛玉莲·凡玉嫩这样逊于自己漂亮妻子几千倍的人，却更能让他性亢奋。和眼前的姑娘——他把手指伸进她的肛门——他知道如何设法圆满地完成自己的任务。

*　　*　　*

荷兰奈梅亨大学的一项社会心理学研究表明，一个婚姻处于各个阶段的男人，在妻子怀孕期间，出轨的可能性会增至二十七倍。当妻子生病或在康复阶段，乃至总的来讲，当妻子慢慢失去美貌和活力的过程中，他还会尽力去克制，但在妊娠期间却会到外面去“撒欢”。他那肿胀的妻子，时常性欲高涨，令人感到恐怖，那鼓胀的阴唇和渗出大量黏液的生殖器，令他作呕。此外，他有一种强烈而又相当准确的预感，认为自己的生活会在孩子出世后一去不复返，对于出轨他无需给出更多的理由。

一次工作部门郊游，他们乘船游览了阿姆斯特丹运河和艾湖，此后在斯宝伊广场上的霍普酒吧喝了点酒，艾德瓦决定不坐夜间火车去乌特勒支市，而是坐出租车回家。后座上，玛玉莲·凡玉嫩坐在艾德瓦身旁，一边和艾德瓦接吻，一边拉开他的裤门襟，用手揉搓着，直到他快要达到高潮。艾德瓦将她的手推开，以便能控制住自己。他们在火车站下车，找到一间公共厕所。艾德瓦从口袋里掏出一欧元硬币，心想：一欧元解手不算便宜，但一欧元跟人干一场却相当合算。他关上身后的门，脱掉她的裤子和内裤。玛玉莲坐上马桶，扶着马桶盖。艾德瓦拉开裤子拉锁，跪在她双腿之间。在紫色日光灯下，在陈旧的尿骚味之中，他第一次肏玛玉莲·凡玉嫩。艾德瓦如同平生第一次达到了性高潮，而在某种意义上，也的确如此。玛玉莲背靠着墙，圣贤一般微笑着。原来如此，艾德瓦想，就是为了这个，这条没有回路的边境口岸——玛玉莲·凡玉嫩的阴户，是宇宙的中心。

璐特怀孕的过程很平顺，如睡梦一般，几乎没有受女友们所说的各种不便的困扰，如不断感到恶心，以及各种莫名其妙的痛。她略微感到有些恍惚，但恰到好处，令她感到舒适，仿佛自己与实体世界的关系不大。她把书房布置成婴儿房间，每天在里面摆弄那些小连裤衣、小袜子和小帽子，这些动作充满了令她无以言表、带着光晕的期待。她没有向任何人透露孩子是个男孩儿，会取名莫里斯。虽然孩子还没出生，艾德瓦此时已开始体会到自己也属于这个对于外部世界而言,是个家庭小阴谋的一个部分。不光是璐特在怀孕,整个家也跟着怀孕——它辐射到外面的公园,乃至更远的范围。夫妇俩关于大事的对话,已退化到关于他们的儿子会是什么样的人,他们希望和不希望看到他继承哪些品质等和睦的闲谈。生活成了一个封闭的茧,只容得下他们一家人。早上璐特留在里面,艾德瓦出去到研究院上班,那里等待着他的是面对玛玉莲·凡玉嫩,尽管她是个不露声色的情妇,但每天这种面对会重新带给他一种离家的感觉,让他觉得自己离那个刚刚走出的、四壁全是防撞软包墙的狭隘世界,还有光年的距离。他置身心于其外,并试图否定总有一天这将不可逆转。

玛玉莲现在二十八岁,跟他邂逅璐特时是同一个年龄。在乌特勒支运河岛居民区玛玉莲有个两居室的公寓,艾德瓦不让她再用香薰蜡烛,因为璐特的嗅觉在妊娠期特别敏锐。

"连这个我都听你的。"她说。

"我是你老板。"

"来吧,老板。"

她身材娇小好动,具有瘦女人的性欲,知道如何扭动骨盆,而身体其他部位却保持不动,好比提贝里乌斯所指的

“括约肌艺术家”，表面上她一动不动地坐在他身上，用有力的内在肌肉收缩，让艾德瓦达到高潮。她赔着难得的笑容，使出浑身解数，把学过的密宗与房中秘术对艾德瓦一一施行。艾德瓦搞不清她对自己有何所求。有一次他问道：“你的男朋友会怎么想？”她把手指放在艾德瓦的嘴唇上：“嘘，你一说就会成真的。”

她的阴部漂亮、均匀、无毛，而且人也不怕羞。有时，当她手撑着地跪在他前面时，她会摇头把眼前的头发甩开，艾德瓦好一会儿才看明白。这个仿佛有人在跟拍的动作……是色情电影演员的姿势……

“可以给点喝的东西吗？”艾德瓦问，没过多会儿，她便拿着一瓶从希腊带来的白兰地梅塔莎走进屋里。她背躺在床垫上，艾德瓦一只手拿着杯子，另一只手放在她那张开的一片潮湿的大腿之间。“我对你了如指掌，”他炫耀说，“你的味道、手感、气味，我都一清二楚。”

“那多乏味啊。”她答道。

“你想我的时候会硬起来么？”

“千百遍。”他答道。

玛玉莲来自费赫尔，七岁时父亲死了。一个月后，家里就来了个新的男人。“我母亲不能一个人生活。到现在也不会。”

十二岁时，这个男人猥亵过她，她对此一直保持缄默，但十五岁时便离家出走。她称之为“困难时期”，却在混乱中上完了高中，考入吕瓦登市里的一所实验员学校，尽量远离自己父母家。

“你是哪年生的？”她问起来。

“五八年。”他答道。

她并没有表示惊讶，说：“我母亲也是，几月？”

“五月。”

“真逗，那你比她大，准是金牛座。”

夏末午后的强光，是毫无情趣的时刻。摩洛哥裔小伙子骑着小摩托从街道驶过。玛玉莲温存地把艾德瓦的几根长眉毛捋顺。

艾德瓦看到镜框里她和一个体格健壮的小伙子的一些照片。其中的一张，小伙子穿着潜水衣，另一张穿着海军陆战军服，一张在等候大厅里拥抱的照片。“他在阿富汗，”玛玉莲说，“我们几乎每天都通网络电话。”

“他回来后，”艾德瓦说，“就是资深老兵了。才三十多岁……”

“他三十二岁了。”

他叫米谢尔,当玛玉莲险些堕落时,是他收容了她。“没有他我已不在这里了。起码不是现在这样。”

厕所里挂着一张海报,上面写着英文:“如果没有任何变化,哪来的蝴蝶。”当她按摩艾德瓦的足底时,他开始哭泣。从来没有人这样碰过自己那双无人问津的脚。

“你脚上的好几条经络合并在一起,”她说,“我觉得你比自己想象的要敏感得多。”

当艾德瓦回到家里时,一时不知道自己是梦见了蝴蝶的庄周,还是梦见自己是庄周的蝴蝶,但夜幕中有个人手拿着机关枪,脸上涂着迷彩道道,悄然走过维赫敏娜公园,闯进家门,并向双人床和摇篮连连开火。

*　　　*　　　*

璐特怀孕期间,艾德瓦首次梦见:她如何离开自己并带走孩子,自己再也无法把她找回来。他可以继续住在乌特勒支,或搬到阿姆斯特丹,甚至还可以搬回自己从小长大的乡村,都无济于事,他的所有一切都将被割断。他可以选择向左或向右,没有人阻止他任意选择哪条道路——只是那条返回的路，已被堵死。他站在雪白的世界里，被冻僵，仿佛患有紧张性抑郁障碍，不得动弹。他试图过那种在见到她之前的生活，却无奈自己已变得过度衰老。孤家寡人，只能偶尔通过寻偶网站邂逅令他失望和作呕的人，时常为过往的回忆落泪。这是他的人生结局，一座一望无际的荒漠，自己曾经拥有的所有感受，只会剩下恐惧与困惑。像耶利米书里所述：要写明这人算为无子，是平生不得亨通的……

他觉得这个梦包含非常实际的因素，完全不符合自己所在的空间。无论如何，他每每从这种梦里惊醒时，发现自己和璐特两人躺在一张床上，这让他长舒一口气，他郑重地发誓一定要改变自己。带着令他颤抖的孤独，他凑过身去抱住沉睡中身怀六甲的妻子。他已经搅乱了生活，但补救过来还为时不晚。她没必要知道那件事，如果现在自己能停止一切使他堕落的行为，整理好头绪，慢慢忘掉。就像什么事都没发生一样，或者像小时候自己对读过的一本书的记忆，虽然还记得所发生的事情的氛围，但那些故事却已忘得一干二净。

*　　*　　*

元月的一天早上很早,璐特把他叫醒后轻声说:“我相信宫缩已经开始了。”他们六点半离开家,艾德瓦提着一只手提袋,里面装着小衣服和尿布,还有璐特的睡衣。路上没有几辆车。他把手放在她大腿上。天上无云,预示着晴朗而又寒冷的一天。路边草地上的霜在闪亮。“我起先还以为只是一般的肚子疼呢,”她说,“可等我开始去数的时候,竟然那么有规律……”

产科只有两个房间被占用。她的肚子上被涂上了耦合剂,手腕也戴上了心脏检测感应器。助产医师再次向她交代她可以随时得到腰椎麻醉。璐特因一阵宫缩做出满脸痛苦状。“试着放松一下。”女医师对她说。

艾德瓦和妻子曾一起去看过几次触觉学专家,他学过如何安慰妻子,并和她一起呼气,可眼下真到时候了,他明白人们只希求他在跟前不要碍手碍脚就好。

“你会留在我身边吗?”她问道。

他抚摸着妻子流汗的额头,“我在这儿呢。别担心。”

半小时后,她号叫着,双手和双膝支撑着床,疼痛使她沦为动物。艾德瓦很难为情,隐约想起她还是小姑娘时她曾经听到的那头猪的惨叫声。

“手,别,放,那儿!”她在两次宫缩之间一直呻吟着。他急忙把手从她的腰部撤回。

“进展不错,姑娘,”助产医师说,“你表现得很棒。”

那个女人时而离开房间,然后在半个小时后才回来观察。艾德瓦离床隔着一段距离,他看着自己的妻子。这种疼痛必须独自承受,它本身是隐形的,艾德瓦只能看到它的外在表现——那尖叫声,那是备受苦难折磨时起伏的音律。

同情是通达他人痛苦的钥匙,璐特曾经这样说过。艾德瓦不安地掂量着自己的内心。眼前躺着自己的妻子。她在受苦。据说那是无麻醉下宛如截肢的疼痛。妻子的嗓音在变调中颤抖。璐特倘若能忍受他的触摸便会得到抚慰,但艾德瓦却无法体会到她的疼痛。她在另一边,而艾德瓦却在这边感到自己既无力又无用。他无法跨越那条界线。在她的世界里,她和她的伙伴们似乎都具有道义上与世界共患难的能力,那些苦难可分成受压迫的妇女、政治犯、实验动物和食用动物。世人的困苦与他们的情感、神经系统直接相关。感知他人的痛苦,是人生具有意义的一个先决条件。

这时走进来第二位助产师。护理手段在增加。情形紧迫，扣人心弦。“腰椎麻醉！”璐特说，“我现在就要！”

助产师安慰她说：“用不了多久了。你已经快完全扩张了。”

“马上打！”

“你马上就可以使劲了，再坚持一会儿。”

喊叫声变成了轻声呜咽。生死决战。阿兹特克人会用军礼埋葬一位死去的产妇。“宝贝，”艾德瓦也敦促说，“他快出来了。再坚持一下。”

“妈的。”

当艾德瓦离床尾靠得太近时，她朝他打手势，璐特不想让他看到下面在发生什么。助产师从她的双腿之间抬起头看他，并点点头。她说：“好，使劲！再使劲！”

助产师仿佛是在努力去抓一块湿漉漉的香皂一样接生了他们的孩子，并一气将新生儿放在了璐特的肚子上。“哎，我的小家伙，”她连哭带笑地说，“你终于来了。”

艾德瓦去亲璐特那热烘烘的额头，然后朝儿子弯过身去，这个蓝色的生灵，浑身是血和黏液。他闻到一股浓重的铁味。原来如此，他心想，这个战利品。他笑得合不拢嘴。助产师递给他一把剪刀，让他剪断质地犹如橡胶般富有韧性的脐带。莫里斯随后被抱去称重，清洗，当他们在几小时后用婴儿袋把孩子带回家时，两人感到自己宛如一对少年，坐在一辆偷来的汽车里，虽然满脸惊恐却又不可一世。

*　　*　　*

家里迎来新生婴儿的最初几天，幸福宛如金银丝般精致。记忆难以保存，欣喜如潮水般逐波涌至。艾德瓦有一张躺在沙发上的照片，他闭着眼睛，嘴微微张开，枕着自己的一只手，另一只手扶着胸前正酣睡的莫里斯。出生通知卡上选用了这组照片中的一张，上面只有这个小男孩，一头金发，微扬的嘴角让人以为他在微笑。

家中其乐融融的氛围已化为物质，艾德瓦想，仿佛触手可及。他很少去想外面的事。除此之外，他别无所求。他不去想玛玉莲。这个念头令他感到不安。赌注再加一筹，他可能会失去一切。

研究院停车场上，玛玉莲在一次短聊中说，她已经注意到情况变了，她可以理解，说眼下艾德瓦所经历的一定非同寻常。从她嘴里冒出一团哈气。她从车里向他招手，他报以感激的微笑。这下便结束了自己的过错，他暗想，这比他预想的要简单得多。

*　　　*　　　*

孩子出生几个月后，璐特首次用了“爱哭娃娃”一词，但还是否定式的。“他不是个爱哭娃娃，”她说，“他只是对于来到地球还不大适应。”艾德瓦喜欢这种把儿子比作宇航员的想象。儿子偏离了自己的轨迹，误入了银河系——可是他到底属于何方？

看来他们只得采用各种精心且需要耐力的招数才能哄儿子入睡，可当他们刚琢磨出一个新套路之后，一切就又得从头做起。

那是从莫里斯出生第二周后开始，似乎是因为不甘心舍弃宇航员生活而备受折磨。孩子的哭号把父母的每个夜晚撕得粉碎。摇篮在璐特睡觉的那一边，她睡觉时把手放在他的肚子上。如果她企图把手收回来，孩子就会惊醒，随后号啕大哭。夜里，璐特在家里走来走去，摇晃安慰着怀里的孩子。第一周的安宁与幸福，退让给烦躁不安与绝望。莫里斯得到反流治疗药物扎特克，对该药的厂家——葛兰素史克公司，艾德瓦已疲惫到无法发表任何机智妙评。

就这样，哭闹声侵入了艾德瓦的生活：像一群罢工的卡车司机长按着喇叭，此前是一批没有排气管的摩托车帮扬长而去。最后是数以百计的犹太寡妇无序地号啕大哭。他对此没有抵御能力，这些声音涌入他那毫无保护的耳朵，钻入肌肤。此外，世间无时不有的噪音也令他抓狂——天沟上或公园里一只喜鹊的啼鸣，都可能把儿子从那来之不易的睡眠中吵醒。于是，从花园里的猫叫和空中飞机的音频中，他也能听到莫里斯的哭声，他的心为之狂跳，令脖根的毛发直竖。他醒了么……他又他妈醒了。

在研究院里，他有时也会在屏幕前惊跳一下，因为他从门的吱呀转动声中也能听到他儿子的啼哭。

“他不会无缘无故地哭闹，”璐特说，“或是为了跟你较劲。你似乎忘了他真是因为哪里不舒服才哭的。”

这个小家伙的疼痛，从他器官深处向脑部蔓延，但原因始终不明。连扎特克和吗丁啉似乎都无济于事。璐特先后带他看了西医、中医，一位整骨医师用光滑的手，摸过他的运动器官。莫里斯的摇篮上方挂着一个吹风机，因为那声音对他似乎有安抚作用。

等他半岁了，璐特和艾德瓦互相安慰说：最艰难的阶段已经过去了。就连最严重的爱哭娃娃在这个阶段也会安静下来了。半年已经远远超过了他们的忍耐极限。他们将熬不过八月份,在此前,他们会早已崩溃,就像耶利哥的城墙,终归被无休止的号角所摧毁。

璐特比艾德瓦有耐心,她从来不急于让莫里斯安静下来。她惊奇地看到艾德瓦因无能为力而气恼,她从他手上接过孩子,因为她觉得他极“不自然”地摇着孩子。“你这样摇,他怎么都不会安静下来。”

他拿风琴管儿子。

有时,当莫里斯似乎能认出自己时,艾德瓦会为之感动。他那通红的小手空抓一气。艾德瓦抚摸着他那稀薄的金发和柔嫩的小脸蛋。囟门周围可以看到血液在跳动。

* * *

今年早于往年天气炎热,昼长夜短。厨房里蜂拥而至的苍蝇在猫箱和面包切板之间飞来飞去。艾德瓦用叠成双层的茶巾去拍打,当他以为自己已全部歼灭这群苍蝇时,总会从哪里又冒出新的一批。虽然被茶巾拍扁拍破,它们却不一定都会当即死掉。在阳光照得到的地板上,它们在垂死挣扎,瓷砖上留下一条条湿痕,那是那些苍蝇疼痛的字符。

一七八〇年，英国哲学家杰里米·边沁写道：

> 曾经一度，很遗憾那段时间还远远没有普遍成为过去，那时我们人类的绝大多数，被统称为“奴隶”，就像法律规定，如在英国，现在得到的是低级动物的待遇。或许终有一天，所有种类将得到那些一直被人类专制剥夺的权利。法国人已经发现，黑皮肤不再是虐待他人的理由。也许终有一天，人们会认识到腿的数目、体毛疏密、有无尾巴都不应当成为虐待其他有感知力的生灵的理由。还有哪些严格标准可以用来衡量呢？理性或语言能力吗？但一匹成年的马、狗的理性和沟通能力，是一个刚出生一天，或一周乃至一个月的婴儿无法相比的。即便情况恰好相反，那又有何区别？问题不在于：它们能思考吗？也不是：它们能说话吗？而是：它们能感受痛苦吗？

这一页挂在厕所里的张贴栏上。它充满火药味。很早以前，艾德瓦犯了个错误，向璐特讲述了实验动物的流程。在雪貂身上，人们能较好地追踪病毒感染的过程。这是一项精确的工作,最微量的变异,可以使致命的流感病毒变成一种较为温和的病毒,但温和性病毒却会突然变得更为致命。

他有时会带着璐特的眼光去看笼子里那些动物,发现对它们的折磨,最主要是强加于它们的无聊感。它们因此不再打理自己,同时表现出强迫行为。唯有内啡肽可以缓解它们那毫无生趣的生活压力。这种情景他看得越多,对那些动物的痛苦的否认也随之递减。他认为,都是那些破碎的夜晚搞的,是自己儿子的哭闹使他变弱。妻子的想法和英国一个功利主义者的想法,像寄生虫一样,攻破了自己那摇摇欲坠的防御。他竟然对某些电视节目也变得更为敏感。有一次,在看一档关于旧日情人重逢的节目时,他居然需要抑制住不让热泪夺眶而出。

艾德瓦自小受到的熏陶,是动物感受不到痛苦。这是以人为中心的笛卡尔哲学,在前不久它重新受到了人们的反驳。而如今,人们对它的否认更是明确。动物确实能感受到痛苦,但不受疼痛的折磨。受折磨只限于人类。人类经受苦难源于人的意识。更确切地说:人由于对疼痛的记忆和预期而使疼痛加剧,这是人类苦难的根源之一。动物没有这种意识,它们在经受痛苦之后,当痛的刺激消失后,苦难也随之消失。因为他的儿子还大多处于无意识状态，艾德瓦也不认为儿子正在受苦,他不过是在哪里感到疼痛而已。

这是一种可以正常运作的机械论观点,只要你不把它与复杂的问题,和他不久前还戏称为多愁善感的跨种类同情概念相混淆。同类之间已经很难将他人与自己的痛苦换位,艾德瓦想,更何况理解别的动物的痛苦,就更不可能了。

挨过针扎的雪貂会颤抖着躲开一只戴着白手套的手，它们气喘吁吁是出于恐惧。艾德瓦在笼子面前坐在凳子上,试图去感受,偏向于将此理解为记忆。那是反射性行为,受脊髓中痛觉神经元的指示,而不是大脑,但尽管如此，是负面体验的结果。假如那是一种原始的身体记忆,这是否就是原始的苦难折磨呢？实验室里哺乳动物的生理学与人的区别不大,正因为这些共同点,它们才用于实验。正如人类,它们受疼痛和享受的支配。没有那么复杂,但本质上是相同的。

边沁观点所带来的结果,他认为,应该产生新的分类：一个痛楚的分类系统。应出现一位类似博物学家林奈的科学新人来划分痛苦。至今尚未发明能够客观测量疼痛的仪器。目前为了测定疼痛,由患者在一到十的分级指标之间，描述自己疼痛的程度,我们还没有发明像温度计一类的工具,用来读取人体组织与器官的痛楚。为了能产生新的分类,艾德瓦想,必须能够测量出疼痛的程度。尽管诸如拔指甲、挖眼珠等疼痛刺激是客观的,受这些刺激的经验却是个人的。像那些没有语言表达能力的一匹马、一条狗或莫里斯,又如何去测量呢?

在他的白日梦里,人们像当年对待艾滋病那样热衷于疼痛。各处实验室加班加点,器材在寒光中闪耀。人们用精密器材去触探哺乳动物的痛感链,让神经末梢网、纤维和神经节暴露在外,以便探讨这个链条里的奥妙,折磨手段变得更为精密,细如针头的指针指示着逗号后面的数字。动物所能感受的疼痛程度是什么,它们会记得哪种疼,并害怕新的痛吗?它们能感受痛苦吗?……

世界正拭目等待“疼痛工厂”生产出来的新分类。假如其他物种的痛苦与人受苦的程度相似,乃至相同,后果将不可估量。以人为中心的做法,把人放在痛苦帝国中心的时代将一去不复返,对千亿个实验动物的折磨,将成为人类最大的污点。动物所能感受痛苦得到承认后,人类将会不断认罪,道歉,建立忏悔碑堂。

特设的电台将播放实验里发出的所有惨叫声,无论是脊椎动物还是无脊椎动物的疼痛。遇到那些只会扭曲和颤抖，无法表达的动物，频道会一时无声。另一些动物则会发出吼叫、嘶叫、鸣叫、哀叫、喘息、呻吟——这些声音无疑是疼痛的指示器，却令人难以解读。疼痛电台每天二十四小时播放，我们会在黑暗中聆听着动物的哀号。

《薄伽梵歌》把人比喻成一个有九个开口的伤。伟大的疼痛研究将世界比作一个巨大的伤口，它的裂口数不胜数。

艾德瓦揉了揉眼睛。他已经疲惫不堪。

*　　*　　*

五月底艾德瓦前来参加荷兰公共广播组织的一个长达四个小时的节目。他们在节目中进行了一次模拟 H5N1 病毒暴发的演习，由应急小组来决定采取哪些必要措施。雅普·赫尔松率领这个团队，其他参与者分别是一名警察指挥官、内政部一名高级官员和一个来自瓦瑟纳尔的退役将军。艾德瓦也作为人畜共通传染病及环境微生物实验室主任和世卫组织顾问应邀做嘉宾。据报道，亚洲和欧洲南部已有数百人死亡，被感染人数正在飙升。

在马拉松式广播节目里，报道员向模拟现场里的来宾传达了新事实与实况。“数以百万计的人正受到这次侵袭的致命威胁，”主持人在开播时说，“但不像美国的广播剧《世界大战》那样，现在不是哪一种细菌能够拯救人类，而是一种病毒在威胁着人类。”

一架从曼谷飞往荷兰史基浦机场的飞机正在土耳其上空飞行。乘客和机组人员可能已经受到感染。退役将军说，军队会到机场提供协助：“我们会把飞机上的所有人员送去隔离。”“一项无情但很有必要的措施。”他离开自己在瓦瑟纳尔的豪宅，到播音室来“共度良宵”。一位节目女编导不时给他倒上白葡萄酒。艾德瓦认真观察着他——看他如何去招呼那个姑娘，指着杯子无声地做“冰块！”的口型——致使他有时竟不知大家已讲到哪里了。艾德瓦在喝啤酒，播音室里异常闷热。

赫尔松向听众解释实验室里的情况：“只等研发出病毒的抑制剂了。然后我们还要拿去制造几百万支，那还需要一段时间。”

一名报道员报道说，在史基浦机场里，乘客对强制性隔离措施予以反抗。几批男乘客正企图逃离。

“那他们的行李呢？”艾德瓦问。人们对他的逗趣毫无反应。

很多乘客是患者。有人开始打起来了。医院里也有人拒绝被隔离。

“他们真该如此。”艾德瓦讽刺道。他向听众解释R0就是再生数,即病毒传播的速度。十天之内,一百万人就有可能被传染。

“所以呢?”主持人问。

“猪瘟流行时,我们清除了千万头猪,口蹄疫危机期间,十万只。两次瘟疫对人类都没有危害,但二〇〇三年H7N7疫情暴发时,确实有危害。那时清除了三千五百万只鸡。对于我们来说,这是必要措施,我们应当敢于采取措施。一个道德家可能不同意这种用一条生命来解救另一百条生命的办法,但我们来这里不是为了采取决策嘛,是吧?”

主持人又重复了那个数字,三千五百万。他的震惊可谓假戏真做。

“全用毒气熏死,我觉得……你必须敢于采取不受欢迎的措施,防止更严重的疫情。”艾德瓦答道。

“把人送进毒气室?”主持人接过话来。

艾德瓦无奈地把手举在桌上的麦克风两侧比划着,

“他们都不可治愈了，都是感染灶。”

全场一片沉寂。

“我是说——”他意识到自己的口误，他毫无防备，血一下涌上脑门。赫尔松的老家在希尔弗瑟姆，离播音室不远，百叶窗总是紧闭的。他在黑屋里长大。二战时期总是宵禁。光就是生命，光就是快乐。在波兰平原上，光被灭掉。

“我们听到了‘不受欢迎’和‘必要’两个词……”主持人试图言归正传。

艾德瓦直冒大汗，腋下和腹股沟灼热不堪。对话顺势再次重新展开。但仍要进行两个多小时。

当他回到家时，璐特说：“我的老天爷，你是喝多了怎么地?!”

* * *

他被她吸引，像水流向最低点。他随自己去，终归无法抵御。她那年轻的肌肤贴着他，那种狂喜——近似第一次的幸福，近得不能更近。她让艾德瓦想起，一只在大灯照射下的猫，躲进路边草丛里。他喜欢在她身边。他知道为什么,不难理解,理由简单得使人惊叹,涉及到他的生活和婚姻中的疏漏,一直萦绕不散的耻辱——是他的年龄。他那因年岁而吱吱作响的膝盖,脸上悄然显现的皱纹,大脑如何在退化。年老的瑕疵。他这样去理解他的婚姻,如悲剧性失衡,无从修复。他们不能自己去修复,需要一个第三者,一个孩子,这个女孩。他们各形成三角。他和玛玉莲恢复关系后,突然悟出:拥有一个年轻漂亮的女人,只有再找一个更年轻的情妇时,才可以令人忍受。这恢复了平衡,使天平持平。这一招到目前为止,非常奏效。

他惊醒过来,阳光照到他们的脚。该死,该死。他飞速地穿上衣服。“你的T恤穿反了。”璐特说。她的双腿猥亵地在被单上叉开着,细节足使你按捺不住。

“出状况了。”璐特吃饭时说。艾德瓦强压住惊讶。她丝毫没有看出来。自从莫里斯出生以来,她似乎很少注意到艾德瓦。两人灵活得像年轻人的关节,频频互相擦肩而过。

事关她弟弟,弗里索被撵出了家门。

“你有什么法子?”艾德瓦问。

“我正想告诉你呢,如果你让我继续往下讲。”

事情有点复杂，社会底层有很多事情都比较复杂。弗里索很可能被剥夺做父亲的权利——他被儿童法院传唤。儿童保护组织又给了他一次机会，如果他们发现住房协会把他赶出去的话，这件事就会告吹。

“他现在在哪儿？”艾德瓦问。

从婴儿监控器传来一阵声响——两人顿时僵直起来，她朝监控器看了看，它已静了下来。

“他和亨特待在朋友家里。”璐特轻声答道，宛如莫里斯能透过天花板听到他俩的对话，“是个酒鬼，他们不能久留。他说他会得到新居，但还要等到九月份。”她环视了一下房间，“这里……不行。莫里斯这样，我是说，还有你……”

“我怎么了？”

又是那副模棱两可的笑脸，俨如一个绝食者，仿佛她脱离了现实。“他身无分文，”她说，“什么都没有，我们不能不管不顾。”

“为什么？也许亨特在别处会好些。”

“他特别依赖弗里索，他对弗里索也一样。他已经失去了母亲。如果再失去父亲，……尽管弗里索行为古怪，但他总归是个安定因素，是吧？”

艾德瓦想,或许房子并不是随便想租就能租到的,因为只是短短的几个月。你觉得宿营地怎么样,艾德瓦认为这想法碰巧适合眼下这个季节,父子俩可以把它当作一个很长的假期。

璐特犹豫不决,又建议这会儿可能会有房子出租。有的宿营地有这种设施。

次日,高速公路附近,一家宿营地接待室的姑娘告诉艾德瓦,他们出租木屋,每夜七十二欧元五十欧分。他嘴上无声地重复着这个价格。

"现在是旺季。"姑娘说。

"现在是五月底。"艾德瓦指出。

她耸耸肩,眼睛瞅着电话。

"女士?"

她抬起头来。

"要是租三个月呢?"

"这您得跟韦德舒特先生商量。"

窗户上贴着的几张 A4 纸,上面是宿营地规章,昭示着严苛。艾德瓦走来走去在找管理员。外面搭了几个拱形帐篷。他在这里找到了管理员,他正对一群在帐篷周围乱扔垃圾的游客，嘟嘟囔囔地骂着。他想，准是那些捷克人干的，全凭地上那些背包上的国旗来判断。管理员穿着短裤，腿肚显示着权威，那是中士的腿肚。他混用英、德语咆哮了一阵，那些捷克人充满畏惧地看着他。这大概让他们想起了从父母那里听到的恐怖独裁政权。

“东欧人……”他随后告诉艾德瓦，“他们把屎抹在墙上，一群野猪。”

劣等人种……艾德瓦心想，他在指劣等人种。

自己显然要跟一个纳粹打交道，这是个用铁丝网围着，有根栏杆的“纳粹”宿营地。艾德瓦向他解释了自己来的目的。

“不介意的话，可以问一下那些先生都是谁吗？”

“我的外甥和他父亲，我的小舅子。”

“您说是为了对付一段时间。”

被迫跟他谈那种事令艾德瓦很不爽。管理员带艾德瓦去巡视了那几间木屋。他两腿略微叉开，站在木屋前。他们面前是四座园艺工棚一般的小木屋，之间挨得很近。艾德瓦朝里面看了看，靠墙有两张双层床，中间幸好还有个小过道。

“七十二欧元五十欧分，就这样的屋子？”艾德瓦问道。

"外加旅游税。"他答道。

"那应该是多少?"

"四乘每夜一欧元三十五欧分。"

"他们是两个人,对吧?"

"四张床,就得付四个人的价钱,不然税务局会来找我麻烦的。"艾德瓦微笑着说,"三个月总共是……"

"六千五百欧元,外加旅游税。"

艾德瓦抬起头来,看看杨树的顶端被风吹得簌簌作响。这些树成了这个区块的分界线。

"这些房子都空着呢。"他过会儿说。

"过一阵就满了。"他腰间皮带上的袋子里的电话响起《拉德斯基进行曲》。他去听电话,几秒钟后说:"我就来。"他把电话放进口袋里,问:"我还能帮您什么忙吗?"

"一半的价钱我会租下来的,"艾德瓦说,"据我看来,都不会有人来租这些屋子,不租给我你什么都赚不到。"

"五千。"管理员说。

他们最终以四千欧元成交,外加旅游税。

当艾德瓦后来行驶在高速公路上时,心想:混账乌特勒支!他觉得自己被人狠狠宰了一刀,但无论代价如何,都要尽量避免弗里索和亨特来家里寄宿。他狠狠地踩上油门。

墨黑的、貌似有毒的菌丝横跨时空生长出来,将宿营地老板和二战期间位于乌特勒支市马里班街的法西斯政党总部、党卫队保安处、德国党卫队全联系在一起。乌特勒支是滋养这种人的地方。今天还没开始工作他就已经精疲力竭了。

下班后,他驱车到阿姆斯特丹西南区,去接亨特和他父亲。家里弥漫着垃圾和装满烟蒂的烟灰缸的腐臭味儿。他们这段时间一直睡在一张没有铺盖的床垫上。他们提着三个超市大塑料袋和一把吉他,并把它们装上车。"其他东西呢?"艾德瓦问。弗里索咯咯地笑着说:"东西都还在家里,全被扣押了,你懂得。我都进不了自己的家。"

弗里索拖欠了六个月的租金,去年冬天就断了煤气和供电。亨特坐在车后座,看着沿路的草地和大电缆架。他挠着下巴下面带着皮屑的红斑。艾德瓦很同情他。"宿营地里有好多孩子,"他扭头对他说,"里面还有个游乐场。"

小男孩笑得那样像璐特。他从镜子里看到他右眼角有根静脉爆裂了。

"好家伙。"弗里索看了一眼房子说。

"没有更好的了,在这么短的时间内。"艾德瓦烦躁地说，"你有钱吗？"

"唉，一点也没有，他们把我的救济金也给扣住了，你懂得。"

艾德瓦给他递去两百欧元。

"这里有超市吗？"弗里索问。

艾德瓦说营地里有个小卖部，可他们进去后发现东西都太贵，艾德瓦只好带他们到城里的阿尔贝特海恩超市，直到夜幕快降临时才把他们和满载食物的塑料袋送回了营地小木屋。第二天自己还要给他们送去露营小煤气炉和炊具。"还有几把椅子，"弗里索补充道，"如果有一张桌子就更好了。"亨特在暮光下翻览着《唐老鸭》杂志。

*　　*　　*

第二天晚上，艾德瓦和璐特带着莫里斯来到宿营地。璐特做了个乳蛋饼。亨特一直盯着莫里斯。弗里索对他们的问题一一作答，他说一旦住进新居就再没人找他麻烦了。他还准备接受债务重整，这样就能重新得到社会救济金。此外，他已经给亨特找到新学校。璐特围上一条披肩。"别那么使劲摸他，亨特，"她说，"他还只是个婴儿。"当艾德瓦示意从她手上接过莫里斯时，璐特直摇头，说他刚刚才安静下来的。

艾德瓦想回家，璐特的弟弟令他生厌。这样的混球根本就没能力承担养育孩子的责任。正如他过会儿对璐特这么说。不过，他们在黄昏时分，在小木屋的露台上，先听弗里索跷着二郎腿弹奏了一首曲子。好像是伦纳德·科恩的歌，艾德瓦猜想。毫无疑问，弗里索早先靠这个在亚洲沙滩上篝火旁赢得了年轻姑娘们的青睐。也许他在姑娘们眼里，是个“感情细腻”的人，因此她们毫不犹豫地向他投怀送抱。那时多幸福。那样的生活，如今只落得在A27高速公路边上的宿营地里住宿，这种下场如同《圣经》里约伯坐在灰堆上，让艾德瓦窃喜。他还缺点儿什么……对了，谦卑，他那山羊眼光始终如此冷漠。

歌唱完了。“还是那样美妙。”弗里索说。他举起盛着葡萄酒的塑料杯，“蔑视小市民，但要喝光他的酒。”艾德瓦无法摆脱自己是小市民这一形象，让眼前这个寄生虫把自己的酒喝光。

那天晚上，他刚要上床，谁料璐特对他说：“亲爱的，或许会觉得有点孤单，但我觉得你最好还是到楼上去吧。我觉得莫里斯是因为你而变得很不安的。为了他，你最好还是到楼上去睡吧。”

她的嗓音很轻很温和，那样充满诱导的口吻。艾德瓦一言不发离开了卧室，连气带羞，被老婆和儿子驱逐出自己的卧室。他到客厅一边喝酒一边看电视，直到半夜才上阁楼去睡觉。当晚梦见自己置身于一个人与物体从天而降的空间里，仿佛在乳液中，人和物体掉得很慢，在落地时，他们会扎入土地消失，地上没有留下任何裂缝。自己则站在那些割草机、倒置的树木、椅子以及陌生人的缓慢的“落雨”之中。

当他下楼时，璐特已经带莫里斯上托儿所了。他吃了块三明治，直接从纸包装喝着果汁。桌上有张纸条，上面是弗里索托姐姐写下的留言：能否带个小盆和洗碗刷？（亲爱的，别生他的气。）

这天，他似乎没有离开梦境。好像发生了什么，他想，那是他无法逆转的事，一直紧跟着自己，影子一般——而现在，阳光的角度已经变了，黑沉沉地赶上了他；他将会与影子重叠，那是势在必然。

他等着自己的电话响，等着有人发来一封短信，一种灾难性的感觉，但电话一直不响。白昼漫长。什么都没有发生。

当他从车里给璐特打电话时，她不接，于是留言说：先去买小盆和洗碗刷，把这些东西送过去再回家。一起吃饭好吗？

挂上电话时，他觉得自己听起来像个乞丐。璐特准会从他的嗓音里听出乞求味道并会鄙视他。

营地老板责令弗里索把外面的乱摊子收拾干净，有人预订了其中的一间木屋。“哦，天哪，”弗里索说，“真希望能勾搭上个把漂亮的东欧娘儿们。”

那肯定是一场相当有趣的对抗，艾德瓦在回家的路上想。营地主人那条顿骑士般的规矩与弗里索的大大咧咧。他暗自佩服他这一点。弗里索仰面向后倒，他并不在乎有没有人去接住自己，却总会有人把他接住。他是家里老小，总指望别人来为他收拾残局。这一性格缺陷从未得到过严厉的指正，到现在璐特仍然在庇护着他。

艾德瓦对他的佩服无异于嫉妒。自己倒下的时候，是不会有人伸出手来接住自己的。

他拖着装满弗里索和亨特的脏衣袋走进了家门。璐特认为他理所当然应该当总管。她在露台屈膝坐在小腿上，婴儿监视器放在桌上。“嗨!”她打招呼说。为人母使她丰盈且容光焕发,疲劳对此毫无影响。艾德瓦俯身给她一个吻。她的回吻动作则更像是用头把他的头顶回去一样。

艾德瓦不知如何开头,生怕听到不想听的事情。事实是强者的特权。

璐特讲述了莫里斯在托儿所的一天,这个话题是他俩的避难所。花园里植物茂盛,他栽种了新植物铁线莲,开的是紫色和粉色的花。它们脚下铺着陶片,因为根部十分脆弱。

璐特凝视着他。“知道吗,艾德瓦,我们试了那么多遍。”

他逼着自己去注视璐特。

“都无济于事,”璐特说,“都没有作用,你不也赞同我的看法吗?我停用那些乱七八糟的药,都已经有好几个星期了,什么胀气止痛滴露、雷尼替丁、树皮肺门。”她摇了摇头,“你一点都没觉察出来。”

艾德瓦绷着脸。

“我本以为你会反对的,”她说,“所以我什么都没说。因为你——”

“你还没问家庭医生的意见呢,随随便便停药,这哪行?”他问道。

“知道吗,我有个截然不同的新发现。你肯定会觉得很不科学,可……一个母亲有时比任何研究者都清楚。”

邻居花园里一只浇水喷头滴答作响,转了一圈,每隔一会儿它就会滴滴答答地喷射在遮阳伞上。

“尤其到了晚上,他特别爱哭,艾德瓦。晚上和周末醒来,不安,号啕大哭。大白天里,我和他单独在家时,他就安静得多。辅导员也这么说。”璐特再次跪坐在小腿上,“只有晚上和周末。我做了记录,这并非偶然。你知道这是什么原因吗?艾德瓦……对不起,我不得不说出来……可这都是你造成的。”

艾德瓦先等到水不再喷淋到遮阳伞上,才回答道:“什么是我造成的?”

璐特躺回到椅子上。“你是他哭闹的原因。”她答道。

艾德瓦开始重复自己所说的每一句话,但又一时语塞,宛如船只在两人的无语中沉没。

“唉,是吗?”他过了一会儿说,似乎只是想试试自己还能否发声。

“你在的时候他就哭闹,这不是偶然的。”

“无稽之谈。”他的语速很慢。

“我就事论事嘛。”

“你看到云端出现一张脸，以为那就是你想看到的。你不能这么想，你不给他喝药，然后想象自己找到了造成他的问题的原因。偶然的观察和毫无道理的结论，肯定是这样。还有，他为什么不能忍受我？”

“我哪儿知道。”她答道。

“得了吧你，那一定是你臆想出来的。”

璐特用死鱼眼睛瞪他，说：“你要是真想知道的话……”

她等着，水吱吱作响地喷洒了一圈，这需要七秒钟，接着说：“我想他能感觉出你本来就没想要他。”

有些话是无法再收回的。这些话一旦出口，语音消失在空气中后，一切都已经改变；你会惊奇地回顾之前曾经如何。

艾德瓦垂下头，自己的头变得如此沉重，它仿佛已经从脊梁折断。这种姿势他保持了片刻，随后才直起身来说：“我以为我能承受得了，真心希望如此，但我根本就承受不了。甚至，我还不得不说，等你……恢复正常以后，就会意识到这一切有多么荒唐。”

“对不起，”她说，“我理解你这是气话。”

他站起来,手紧紧握住椅背,说:“拜托,别来那一套。”他本想走开,但想起了什么似的,“你莫非是在说我的儿子对我过敏?……是我让他得食管回流的?是我导致他哭闹的?真是……你他妈病得真不轻啊,知道吧。妊娠伤害了你的大脑,激素把你的理性全给毁了,臭婊子。”

这些话仿佛一条火龙冲出他的肺腑,给他带来一阵爽快。他从来没有在她面前这样放肆过,而如今,他一切都不在乎了。他失败了,自己梦中的荒漠和眼前的毫无分别。

* * *

奇怪的是,后来他想起,一切都照常进行。璐特用真空酒瓶塞塞住瓶口,把用过的餐具一一装进洗碗机,盘子、玻璃杯摆放得有条不紊,艾德瓦则跪在地上,给弗里索和亨特的脏衣服分类。他大声问:还有脏衣服要洗吗。她走上楼去,又下来,他们的脏衣服混装在洗衣筒里。艾德瓦的视线不禁落在内裤里面——上面是璐特凝结了的泡沫,小舅子棕色的屎印和布料上肛门的浓重印记。自己的粒子和他们的会在同一筒水中搅和的意象令他作呕,他赶忙把自家三口的衣服全拿了出来。这是细胞层面上的不可容忍。

当他走进卧室来拿闹钟时，莫里斯开始哭闹。璐特打开台灯，把他抱出摇篮，给他喂奶。艾德瓦随即关上了身后的门。

夜里，他在楼上的洗脸池里撒尿。在黑暗中，他自问目前的状况是否仍有出路，可否找到一条缝隙，回到旧日的生活。这天夜里和此后的几个夜晚里，在透过天窗的银光以及滑船器和搬家纸箱上折射出的依稀亮光下，他就这样思前想后。他有时甚至听到璐特的声音，在说“我也不知道自己怎么了，我真懊悔”，然后，在他脑子里，又回到他们的床上以及生活里——靠这些幻想进入梦乡。

艾德瓦留意到，在接下来的日子里，璐特将自己的态度调整到实用性的、宛如前台服务员或导游一般的友好状态。他对此的反应不冷不热，这使他好奇自己在放火烧掉房子逃到黑海东岸，成为第比利斯街头上一个看手相的，在码头上吃着柑橘之前，还能忍耐多久。

他像个流浪汉住在自己家里，但他告诉自己这是在给她充足的时间，让她醒悟过来，让她看到她的想法有多么愚蠢。

有天晚上，他做了意式烩饭。分量做得不多时，是她特别喜爱的。艾德瓦很满意地看着她吃，并发现这起码很像从前。

“亲爱的璐特，”他过了一会儿，仿佛在朗读一封信，“请听我说，请试图用过去的耳朵来听一听，用我们还没有莫里斯时的耳朵来听。让我们去看医生吧，听听他的意见。问他是否见过父亲让儿子得病的案例，看看有没有父亲单凭他在场，就能使自己的孩子哭闹的。如果真有此事，这种形式的过敏，就一定会有其他的案例。让我们去找个医生，哪怕是个新的医生，一个能帮助我们的，因为眼下这种状况不能再继续下去了。”

但她直摇头，答道：“别再跟我提医生了，现在他恰好已经好多了，我觉得根本就没有必要去看医生。”

“那眼下的状况呢？”他不禁提高了嗓门，“我睡在阁楼，你把我当作流浪汉，我成了自家的陌生人！”

“暂时只能这样，”她说，“莫里斯的健康最重要。等他好些了，我们再瞧着办吧。”

这个和他生活了七年的女人，竟然隐藏着另一个女人，他却毫无觉察。她不仅死板，执迷不悟，冷酷无情，而且还顽固不化。

她尽量让莫里斯离他远一点,艾德瓦对此的周期性愤怒反应更坚定了她的信念。艾德瓦就是他们的孩子的疾病,让孩子远离疾病是最明智的做法。

艾德瓦觉得,一个人竟能这么快适应另一个人的疯狂举止,这令他感到诧异。偶尔几次,他获准去抱莫里斯和他玩耍,得到如此珍贵的机会时,他便施展所有的本领,让璐特看到儿子在自己身边多么自在。他想通过适应她的信念以此对它进行反驳。他被同化的地步竟然到了在家里只穿着袜子悄声走动,轻声说话,一切都是为了排除自己是导致儿子哭闹的缘故。他过着幽灵一般的生活,当楼梯因为体重发出吱吱声响时,他会紧张地挤出鬼脸。他很快就适应了自己就是某种疾病的生活。从本质上来讲,他认为,他的同化就是对自己罪过的供认不讳。璐特会这样认为,就像自己大声承认,“没错,我就是莫里斯的病因。”

夜里,他透过地板听到莫里斯的哭闹声。自己没想要他吗,就像她所说的那样?他试图在头脑里再现当时的感觉。他马上就同意她停止吃避孕药了啊。自己确实对生育能力检查没有多大兴趣,但你能从这一点来断定他根本不想要孩子吗?还是她认为,连那一半死精子也成了他蓄意破坏的证据?

在他仍无法入睡时，他认为，璐特的想法的最后结论，是这个疾病必须被扫出家门。这一点她虽然还没有说出口来，但这只是早晚的事。

其实，他后来想，他俩都觉得他应该离开这个家。璐特这方面认为，这样孩子的病就可以痊愈，而艾德瓦这方面就可以证明自己对孩子的健康状况根本就没有影响。这不仅可以证明自己的清白，还可以借用这个策略来摆脱自己的人生是一种疾病的指控，重新恢复作为父亲和丈夫的名誉。对，如果自己离开一阵，对每个人都会有好处。

* * *

当你关上身后的门，把睡垫和周末旅行袋往后备厢里一扔，开车离去时，假如你认为世界属于你，那你就想错了。对艾德瓦·兰奥尔来说，世界反而从来没有这么小过。事实上，他的大部分时间是在研究所度过的。

他那一大堆始终做不完的工作，没用多久就全部完成了，连那三个学期制的最后几堂课也都准备好了，之后，他便在网上漫无目的地浏览。疲倦地在网上随处浏览令他感到无比厌烦和无聊，但没有别的事可做。下午结束时，他跟大多数人一起离开那座办公楼，却在长城中餐馆吃完饭后独自返回。他让服务员把剩饭包起来，以便带回来，准备夜里肚子饿了再吃。

已经到六月底了，研究院周围已是一片葱绿。“今年夏天又准备去哪玩啊？”他的秘书何尔戴克女士问道。

“到法国瑞昂莱潘待一周，”他答道，“然后再说。”

“真惬意，随意游玩一周，然后再决定去哪儿。”

他点点头，是啊，那样是挺惬意的。

晚上，他在他的工作人员离去的房间里四处游荡。仔细端详他们的家庭合影，品赏他们的便签和报刊上剪贴的漫画和至理名言，遇到他们忘了关电脑，他就赏自己一顿阅读他人邮件的盛宴。当这些员工搂着爱人睡在温馨的家里，他却在偷窥他们的生活，编织着他们那微不足道的生活琐碎。有时，他还会在睡觉前到那些动物那里看看，雪貂们交叠躺着，当他道声晚安时，立在枝头上的鸡迷迷瞪瞪地睁开小眼睛。然后回到自己办公室，打开柜子，把里面的睡觉用品，一只睡袋、自动充气的睡垫和从家里带来的羽绒枕头拿出来。因为窗台下有个角落到早上保持阴暗的时间较长，他便选择在那打地铺。他在卫生间洗漱池前刷牙，修剪胡须。有几次还在实验室应急用的浴室里洗了澡，因为体臭和任何疏于自理的迹象都容易让大家起疑心。

在无眠的时刻，他会回到早年孩童时代，近来那些记忆在日益增多。有时，心目中会重现祖父母的果园，令他回想起樱桃李，还有那些饱满的、表皮锈迹斑斑的梨子，都那么甜——那大概是六十年代初的记忆，他估摸着，那时第五十九号国道还没有变成那条让树木和农场消失的高速公路，这条路最后还导致祖父病故，至少，母亲这样坚信不疑。父亲则认为忧郁并不会致癌，这样的时候，母亲会从抽屉里摸出一堆谚语俗语，开始念道：“如此天地，威利：如此心情。”

艾德瓦就这样在自己的人生阶梯上来回走动，但对其中的特殊时刻以及整体同样疑惑不解。

有天夜里，他从半睡中惊醒。自己办公室的门被人猛然推开，灯随即被点亮。艾德瓦半起身把眼睛揉成一条缝。门口站着一个保卫。他上前走近几步，一只手去抓大腿一侧的手电筒，它足可作为武器。他打量着眼前的男人和鼓囊囊的周末旅行袋，终于发问：“您是谁？在这里做啥？”

艾德瓦从裤兜里掏出自己的出入卡，把它递给了保卫。他一会儿看看出入卡，一会儿审视眼前这个半身露出睡袋的男人，活像个在挣扎出茧的蝴蝶，这样看了几个来回。

“我是这里的老板。”

“我相信,”那人答道,“但您为什么还待在这里?”他的衬衫领子太宽,脖子可怜兮兮地伸了出来。

“加班呗,”艾德瓦说,“就当作加班吧。我想接着睡了。”

“先生,我只是在履行职责。”

保卫从何时起也对自己的尊严变得如此敏感了?觉得这么有失尊严?

他重新躺下说:“明天一大早就要开始工作。麻烦您把灯关上,好吧?”没多久,艾德瓦听着脚步声在走廊的尽头消失。睡眠仿佛镰刀掠过高高的草丛,静悄悄地到来。

到了周末,艾德瓦以为自己会无聊死。玛玉莲不接电话。他到研究院周围的森林里去散了很长一段步,在山毛榉树淡绿色的投影下,弥漫着某种腐烂的臭味。他想念莫里斯,但现在时机还不成熟,他告诫自己要沉住气。再等两个星期。到七月中旬,他估计,到那时璐特会意识到自己的过失。肯定不会比这个时间长,绝对不可能。

傍晚时分,他再次给玛玉莲打去电话。“喂?”语调仿佛是别人帮她接听了似的。

“是我。”他说。

“现在说话不方便，”她说话匆忙，“过会儿给你回电话。”

“好的，姑娘，没问题。”他答道，对方却早就挂了。

他踹了一下办公桌。可能是那个海陆军人回来了。正需要的时候，那些路边炸弹却都到哪去了？

周日像座需要人去攀爬的陡壁。他只离开了研究院一次，去超市买了点东西。比尔特霍芬的那家今天不营业，他不得不开车到乌特勒支市的佛街去。

全国都弥漫着一股防晒油的气息，他像个非法移民蹑手蹑脚地来到货架前，生怕被自己的学生撞上。连一声“你好”听来都像是被人看出自己的窘态。他开回研究院，在走廊边上的小厨房里把啤酒冰起来。森林的凉风吹进敞开的窗户，到了晚上，他时而听得到猫头鹰的叫声。

还有六个小时，他就可以去睡觉了。他盼着家里的来电，璐特不给他打电话让他无比失望。他像个流浪汉每时每刻漂流，离家越来越远，穿过河流和平原直到世界的尽头，在一个太阳永远不落的地方。因为他至少还能容忍夜晚的寂静和漆黑，所以他要等到那时候才会徒步到长城中餐馆就餐,好把难熬几个钟头甩到脑后。餐馆里坐满了客人,他不想夹在那些兴致勃勃的食客当中独坐就餐,工作人员十分友善体谅人,外卖处的小伙子似乎说了一句“中餐你觉得好吃,会不会?”就此而止。他一边喝啤酒,一边翻看一本荷兰皇家饮食业公会的旧刊,然后提着一塑料袋的饭菜回到研究所。

他吃着蔬菜炒饭。电话一直没响。对于这个世界他无异于一具死尸。

* * *

周一早上,走廊上传来人们的话音,门开开又关上。聆听着生活恢复常态令他长舒一口气。

“早上好,”何尔戴克女士说,“您来得真早!”

他朝玛玉莲平时工作的地方投去目光,她还没来上班。

那天早上部门开会结束时,赫尔松从半开的门伸出灰白的头说:“大家好,别让我耽误你们的工作。艾德,能跟你说几句话吗?”

“我们这边弄完了。”艾德瓦答道。

他们走进了艾德瓦的办公室。赫尔松伸着鼻子嗅了嗅，说：“天啊，这屋子的味儿，你不是开餐馆了吧？”

他把身后的门关上，然后一屁股坐在桌子的一角。“就一会儿，艾德……”

艾德瓦把转椅从办公桌拉开一步距离，饶有兴致地仰头看他。

“你怎么样了？”赫尔松问。

艾德瓦坐上自己的椅子，背靠着椅背跷起了二郎腿。“你从来没问过我这种话。”

“我没跟你开玩笑，艾德。”

笑容从他脸上消失。“为什么问我这个？发生了什么事吗？”

赫尔松长时间注视他。“两件事，”他说，“或三件，其实。你的最后一次电台采访，那次不是很……理想，说得客气点。那不是我所认识的你，艾德。”

艾德瓦用手挡住，咳了一声。这是转位行为。“怎么说呢，”他答道，“你也知道莫里斯的事……，这事挺麻烦的。他一直睡不好觉，我们夜里得起床照看他。或许我真不如往常，但他不久就半岁了，最糟糕的时期我们总算快熬过去了……”

他心想，说，接着往下说，用喋喋不休作为掩盖，把这事埋没。

“那就全怪这件事咯。”

“我还听说你在办公室睡觉。”赫尔松说，仿佛他根本就没留意在听。

冷静，别放弃。“啊，就那一次。”他说。

“我觉得你知道这里不是睡觉的地方。那样会……怎么说呢，会给大家一个很不好的印象。”他环视了一下办公室，“我能问你为什么在这里过夜吗？”

艾德瓦开始解释，打住，又重新讲。我有时在这里过夜。对的，就几次。如果天太晚了。家里……唉，你不懂，孩子总是哭闹。睡不足觉令人苦不堪言……所以……我知道挺不光彩的，可是老天爷，在这种情况下……

“家里怎么样，和璐特？你俩？”

艾德瓦用一支笔挠了挠自己的胳膊。带着一副苦相。“当然时好时坏，这段时间跟莫里斯比较困难，就像我所说的……但其他嘛，都还好。”

“你不能在这里睡觉，艾德。你不能开这个头。”

艾德瓦点点头。他想让赫尔松别再用外科医生的眼光看自己。他们谈完了吗？赫尔松的清单上的问题都问过了吗？艾德瓦觉得有股怒火直冲顶门。他妈明年就五十岁了,他不想再有这样的感觉。真令人感到羞耻。

“还有件事。”赫尔松说。他稍稍把头向后挪开,仿佛在审视一瓶葡萄酒的标签。“我有点犹豫……,但就是想搞清楚,一了百了,你自己部门里那个姑娘,玛玉莲·凡玉嫩……”

艾德瓦的脸皮犹如一件不合身的外套,根本无法掩饰他的惊讶和耻辱感。这个王八蛋,最后还留个杀手锏。

“玛玉莲·凡玉嫩,对,她怎么了?”

“我有……,这么说吧,有比较明显的迹象,表明你和她没有严格地把关系限于工作范围。”他抹了一下脑门,“如果并非如此,我很想知道。告诉我实话,艾德,我需要你来说服我,不然问题可就大了。”

毫不犹豫,直奔主要目标,真不愧为行动中的伞兵。

艾德瓦把笔尖推到胳膊里,对准最痒的地方,发出了笑声:“你这是哪来的想法?”

笨重的翅膀载着这句话在房间里扑腾。

赫尔松把眼镜摘下来,中指和拇指夹着一条眼镜臂来回摇晃。自大,紧追不舍,人人知道他这个秉性,但他几乎总是对的,而正是这一点最让人难以忍受。

当艾德瓦说“天啊,雅普,这样的小部门里也有人造谣啊”时，他觉得嘴里的舌头粗厚，干燥。

自己有股想学着柳絮从敞开的窗户飘散出去的冲动。

“这很严重，艾德。所以我再问你一次：你跟那个姑娘跨过界线了吗？”

自己有两种选择。继续否认不仅毫无尊严，而且更没有男子气概，况且这天再不能失去更多。他知道自己在掘自己的坟墓，却身不由己地开始点头，先是踌躇，随后变得更具说服力，一定要捍卫剩下的尊严。还可以显示自己的胜利——她那幼嫩的皮肤紧贴着自己，她大腿间的奥秘……“没错，”他说，“玛玉莲和我，我们——唉，由你自己来补充吧。”

赫尔松的嘴角垂下来。可以听到他的喘息声。

“老天爷，艾德，这可是个……坏消息。糟糕透顶。”

艾德瓦抬起手来。他还能说什么呢？

“行为守则……你知道我们这里是严格遵守的。”他摇了摇头说，“我别无选择……，只能照章办事。抱歉。”

“我理解。”艾德瓦说。

赫尔松向前俯身，现在充满同情地说：“不是，我不理解，艾德，真的。我也是个人。但这种事情……我没法替你掩盖，明白吗？作为一名主管的诚信非常重要……”

“该怎么办就怎么办吧。”艾德瓦说。他起身走到窗前。裤子粘在屁股上。停车场前方某处停着他的车。太阳灼烤着屋顶。早上空气晴朗。如果你愿意,可以一路开到符拉迪沃斯托克。像这样的早上你可以一眼望见日本海。咦,为什么很少有人这么做呢?

他身后的赫尔松也站起身来。“快到度假时节了,”他说,“带着家人到法国去吧,找个好地方,好好休息几个星期。”

“我要是不愿意呢?”艾德瓦转过身来,“我还有研究项目没做完呢,我根本离不开。”

那微微的一笑说明了一切。“这件事不关愿意不愿意,艾德。”

艾德瓦点了点头。“我需要弄清这一点。”

赫尔松向他伸出手来,艾德瓦自动握住那只手,但赫尔松说:“请伸出另一只手。”他抓住艾德瓦的左手腕,然后把脸凑近他的前臂。

他把眼镜推到前额,说:“请见谅,这是我家庭医生出身的本能。”他抬起头又说:“你有体癣,你知道吗?注意你的小宝宝,这很容易传染的。”

他先等到午餐过后,才走过走廊去坐电梯。他头也不回，带着旅行包和捆扎的睡觉铺垫，径直走向停车场。

在离研究所不远的十字路口，他把车停在那里，然后把车靠垫放倒，睡了一个小时左右，然后又等了三个小时。其间他试图估量这场灾难的规模。他只能理解几句话和语调……拜托，艾德，我需要你来说服我……

到五点钟他看到玛玉莲的西亚特伊比萨开上了那条街。他尾随其后，但保持一定的距离。她开得很猛，有棱有角，也不打换道转向指示灯。他们驶上高速公路。真有趣，艾德瓦想，你一旦做出精神变态的行为，自己马上也会有这种感觉。玛玉莲的行驶路线，恰好也是他的导航器所指的路线，她停在离她家不远的地方。艾德瓦把车停在离她身后很近的人行道上。在她刚要下车之前，他突然打开右车门，然后一屁股坐到了她身旁的副驾驶座上。

“作死……艾德，吓死我了……”玛玉莲一只手捂着胸口。

她关上门，看着他，紧紧搂住肩包。艾德瓦看得见她的颈动脉在跳动。“你怎么不给我回电话呢？”他责问道。

说话也活像个精神变态者。

“你在这里干吗？”她问道，“有什么事吗？”

他透过挡风玻璃向外看。热气像狗一样在街上呼呼喘息。一家家破旧的商店,带着头巾的女人,小伙子满脸厌恶的表情——活像丹吉尔的一条街。他去过那儿。摩洛哥人艰辛而不可渗透的生活;那里所有的一切令他感到压抑。“雅普知道了,”他说,“关于我们。他知道了。”

“妈的。”

他转向她。“你告诉别人了吗?”

“你觉得呢?”

他皱起脸来,仿佛是他自己揉搓成这样的。“他也会来找你。”

她在包里翻找着什么,随后她看到了点火开关上的钥匙,她赶紧把它拔下来。

“你想让我做什么?我该说什么呢?”

“我没法替你决定……估计对你影响不大。”

他去挠他的胳膊,然后说:“责任在我。”

“是吗?”问这句话时她没有去看他。

“你不用担心。”艾德瓦等了片刻后问道,“他是怎么知道的,玛玉莲?”

她把那只又白又有骨感的手放在方向盘上。外面不时有人透过车窗往车里打量。他们看到了什么。他们是父女吗?是男人和他的情妇吗?只有陷入困境的人会这样坐着。

艾德瓦去看她。她在摇头。他再也不会去碰她了,不会在这种情况下,一切都已经结束。他们从梦中醒来,所有发生的一切被笼罩在苍老而疲惫的午时日光下。他走下车,走向自己的汽车。当他从玛玉莲身边驶过时,她招手示意。艾德瓦停下,并打开副驾驶座旁边的车窗。在那里,在温热的沥青道上,中间隔着一道车门,她送给艾德瓦一份道别的赠礼——她说:“我的电话放在桌上。他拿起来,看到是你打来的,就明白了。”她手扶着车窗框,眼望着挡风玻璃外。“事情经过就是这样。”

艾德瓦受骗似的感到一阵眩晕。“那,‘他’是谁?”

“已到达目的地。”导航器发出电子语音。

“雅普,”她答道,并把肩包的背带往裸露的古铜色肩膀上提了一下,“真遗憾。”

* * *

艾德瓦像个战后归来的战俘走过营地。蓝色阴影从帐篷之间流出,那是洪流的发端。

“艾德瓦叔叔来了!”亨特喊道。

艾德瓦把旅行包放下，带着那副使他的脸支离破碎的微笑，说："我在这里留住几天，好吗？"

"我的家，就是你的家。"弗里索用西班牙语答道。

艾德瓦清理了一张空闲的上铺，然后把包塞进床底下。

"怎么回事？"弗里索站在门口问，"家里遇到麻烦了？"

艾德瓦点点头，他的下巴发僵，妨碍他说话。

过了一会儿，弗里索从纸盒倒了两塑料杯红葡萄酒，用法语说："必须沉醉到底。干了！"

他坐在露台上喝着酸葡萄酒。蚊子不时撞向他的耳朵。远处传来了高速公路上车辆嗖嗖的疾驰声，现在天很快就黑了。亨特从远处的洗手间回来，那里加油站一般灯火通明。他的下嘴唇还粘着一缕牙膏。"晚安，艾德叔叔。"

"晚安，小家伙。"

"明天早上你还在吗？"

"嗯，我睡那儿，挨着你的床。"他指给他看。

"那莫里斯和璐特姨妈也在这儿睡吗？"

"不，他们不。他们舒舒服服地睡在自己的床上。"

小家伙满意地点点头。

当艾德瓦喝光了杯子里的酒时，说："我也去睡了。"天空上闪耀着城里的一团橙色的光，如同火焰在跳跃。他坐着不动。弗里索给他倒上酒。

“我把事情搞得一团糟。”艾德瓦咕哝着，像一封写不完的信的开头。弗里索一声没吭，艾德瓦感到自己对他有了一丝好感。他很体谅人，因为他知道失去一切是什么滋味。

那天晚上到处是蚊子和魔鬼。他渴望早晨的到来。三点半时，他从小梯子下来，推了一下正在打呼噜的小舅子。快到早上了他才睡着。

在穿透力极强的晨光下，艾德瓦喝着速溶咖啡。他已经忘记早上很早在户外有多么清新宜人。小蜘蛛在草叶之间织起的网，闪亮地垂挂着露水。

迈着宿营客拖拉的脚步，他走到洗漱间，手里拿着一卷卫生纸。这天他没有什么目标，下午只有一堂大课，仅此而已，是放假前的最后一堂课。这份努力超出了他的能力，但一切必须照常进行，装作什么也没发生，像个流浪汉在市中心喷泉前刷牙。

下午，他在营地接待处租了一辆自行车，准备骑车去校园。自行车隧道上面的公路纵横交错，他想不起自己最后骑车是哪个年头。从左边的公园吹来凉风。骑到宽敞的绿色墓地时,令他想起自己十六岁时照料过的一只母鸡。他把它从村外养鸡场领回来时,还是个羽毛凌乱的黄毛雏鸡。农人漠不关心地让他把它带走,明明知道它的结局。艾德瓦想让它和自家后院养的一群矮脚鸡在一起,过更好的日子。这只雏鸡长成了一只肥胖而又被动的鸡,极少动窝,它虽然体形庞大,却总被后院那些比它小的凶猛鸡群驱赶,被它们啄掉身上的白羽毛。艾德瓦无法保护它不受那些挑衅者的欺负,同时感到自己要面对双重失败。一方面是那只鸡的失败,它无法让自己的生活“有所好转”;另一方面是自己的失败:他本想行善,谁知得到的是无可否认的惨败结局。那只鸡被设定只生活一个半月,而且它似乎对此也比较适应。艾德瓦对这种顺从的、畸形的动物不禁感到厌恶,并为此感到羞耻。

大概在他上大学时,那只鸡死了。他不知道自己父母如何处置了这只死去的动物,那只鸡早被他忘得一干二净,而今天关于它的所有记忆开始清晰而又生动地展现在眼前。他不明白自己为何在和璐特的那些谈话中——当她责备他麻木时——从来没有想起过这只鸡。他的生涯的每个部分一直都不能融合到一个完整的,一个有意义的和有连贯性的生活中。

快到假期了，来听课的学生还没有坐满半个教室。窗户都敞开着。喧闹和说话声静下来后，他说："从前我有一只白羽鸡，它出生在一个养殖场里，在一个温暖的鸡窝里和成千只同种鸡一起长大。这里所说的长大，当然不是那种缓慢的细胞分裂过程，对于你们，这叫青春，需要历时二十年。不，这些鸡凭借高能量饲料和抗生素暴长，在一个半月里，从几克长到两公斤半，奥林匹克式的表现……想想看，在你们和同伴们，在没有父母、祖父母、叔舅姨妈的环境中成长，无论转向哪里，周围都只有同龄人，大概就像你们去参加的现场音乐会……"

一阵笑声，喝喊赞同。

"我在养殖场发现了它。"他说。我那只被喂肥的鸡，快到六周了，准备被屠宰，在厚厚的粪饼上生活。

"低地音乐节！"后排有个小伙子喊道。大家想起那些狂欢的泥人，发出的笑声一直冲泻到最前排。

"我一下就能把它抱起来，"他接着说，"我并不清楚为什么，但我决定要解救这只鸡。"他从老花镜的边缘看了看教室，"即使我能用它的语言来解释'母亲'是什么，它也听不明白。它的世界里没有这个概念。当我从养殖场把它带走时，让它和我家后院的那群鸡一起生活，我万万没想到它根本就不会跟别的惯于交往的鸡共生。”他抬起手来，“于是，出于理想主义，我给自己的鸡提供了一个更加悲惨的生活。而我却让这个生命延续到不堪忍受的地步……”

他停顿了一下，随手揩去脑门上的汗。“我想说的是，”他接下去讲，“你听到我使用了‘悲惨’一词。我养的鸡，很悲惨。它不知道如何与其他懂得怎样做鸡的同类一起生活。我们这个圈子里的人，一般不喜欢涉及动物的感受。我们不否认动物有感受的可能性，但也没意识到它们可能有感受。我们图省心保持中立，我的妻子称之为一种残缺的道德观。”

他看到有几名学生仍在记笔记，勤奋得使人感动。他的思路一时迷失了方向，不知如何让自己关于鸡的故事与今天的课题相关联，这堂课本该讲矢量对象，以及 H5N1 在哪种情况下会转变成通过空气传播。

“今天下午，”他闭着眼睛说，“在骑车来到这里的路上，我头一次想起了三四十年前的那只鸡，而让我惊奇的是，我竟然真心爱过那只鸡，爱过一阵子……起码是同情它……而如今，当我走进一家育肥场时，我只想赶紧离开。空气里浓烈的氨气刺激着眼睛，几乎令人窒息。其实我再也不去想那些在这种境况下出生、成长、死去的动物了，我只想：马上离开这里。这，就是，我觉得今天所要讲的内容，我与那个养鸡的小伙子的区别。那是……完全另一个人。”

他双手握住讲台的两边。

“其间发生了一些事……一些无法逆转的事。很遗憾只能如此，随着人变老……我们便失去某些感性……我们的感官变得迟钝了。因为这个缘故，变老令人不堪忍受，因为你有时会突然想到过去……曾经有一颗心是怎样的，有一颗心让你做出不顾一切的行为，启发你去一同感受自己也是地球生灵的一部分……”他抬起头来。最后几个记笔记的也停下笔来。

“我跑题了吗？”他摘下眼镜，用从裤腰间松落下来的衬衫衣角去擦镜片。“一颗，”他专心致志地在擦着，说，“让你感受到悲欢的心，让自己，即便是跟鸡——天啊，一只白羽鸡——都能产生关联，都能感受到悲与喜。”他用手比划着它的大小。

“我所讲的在神经学里有个术语，”他过了片刻说，“痛性麻木……”

他去看教室，眼前一片模糊。

“我想，今天我的导论就讲到这……”他叠起镜脚，然后把眼镜放在眼前的讲稿上。此时他听到如同教堂里人们挪动脚步的沙沙声和窃窃私语。他用手臂抹了一下眼睛，但泪水仍不断涌出。他竭力不出声，却依然在激烈地抽泣。模糊的身影开始向门口走去。

“老师?”有个姑娘走过来表示关心。他示意让她离开。没过多久，教室已经走空，门口还站着几个学生，聚拢起来，盯着讲台上那个正在哭泣的男人，直到他们也一个个消散在走廊尽头，大家都过暑假去了。

21 世纪年度最佳外国小说书目
（2001—2015）

2001 年：

1. 要短句，亲爱的 〔法〕彼埃蕾特·弗勒蒂奥 著
2. 雷曼先生 〔德〕斯文·雷根纳 著
3. 天空的皮肤 〔墨西哥〕埃莱娜·波尼亚托夫斯卡 著
4. 无望的逃离 〔俄罗斯〕尤·波里亚科夫 著
5. 饭店世界 〔英〕阿莉·史密斯 著
6. 凯恩河 〔美〕拉丽塔·塔德米 著

2002 年：

7. 老谋深算 〔美〕安妮·普鲁克斯* 著
8. 间谍 〔英〕迈克尔·弗莱恩 著
9. 尘世的爱神 〔德〕汉斯-乌尔里希·特莱希尔 著
10. 幸福得如同上帝在法国 〔法〕马尔克·杜甘 著
11. 黑炸药先生 〔俄罗斯〕亚·普罗哈诺夫 著
12. 蜂王飞翔 〔阿根廷〕托马斯·埃洛伊 著

---

* 即安妮·普鲁。

2003 年：

13. 伊万的女儿，伊万的母亲 〔俄罗斯〕瓦·拉斯普京 著
14. 完美罪行之友 〔西班牙〕安德烈斯·特拉别略 著
15. 砖巷 〔英〕莫妮卡·阿里 著
16. 夜半撞车 〔法〕帕特里克·莫迪亚诺 著
17. 夜幕 〔德〕克里斯托夫·彼得斯 著
18. 灵魂之湾 〔美〕罗伯特·斯通 著

2004 年：

19. 深谷幽城 〔哥伦比亚〕阿瓦德·法西奥林塞 著
20. 美国佬 〔法〕弗朗兹–奥利维埃·吉斯贝尔 著
21. 台伯河边的爱情 〔德〕延·孔涅夫克 著
22. 巴拉圭消息 〔美〕莉莉·塔克 著
23. 守望灯塔 〔英〕詹妮特·温特森 著
24. 复杂的善意 〔加拿大〕米里亚姆·托尤斯 著
25. 您忠实的舒里克 〔俄罗斯〕柳·乌利茨卡娅 著

2005 年：

26. 亚瑟与乔治 〔英〕朱利安·巴恩斯 著
27. 基列家书 〔美〕玛里琳·鲁宾逊 著
28. 爱神草 〔俄罗斯〕米·希什金 著
29. 爱的怯懦 〔德〕威廉·格纳齐诺 著
30. 妖魔的狂笑 〔法〕皮埃尔·贝茹 著
31. 蓝色时刻 〔秘鲁〕阿隆索·奎托 著

2006 年：

32. 梅尔尼茨 〔瑞士〕查理斯·莱文斯基 著

33. 病魔 〔委内瑞拉〕阿尔贝托·巴雷拉 著
34. 希腊激情 〔智利〕罗伯托·安布埃罗 著
35. 萨尼卡 〔俄罗斯〕扎·普里列平 著
36. 乌拉尼亚 〔法〕勒克莱齐奥 著
37. 皇帝的孩子 〔美〕克莱尔·梅苏德 著

2008 年(本年起,以评选时间标志年度):

38. 太阳来的十秒钟 〔英〕拉塞尔·塞林·琼斯 著
39. 别了,那道风景 〔澳大利亚〕亚历克斯·米勒 著
40. 优美的安娜贝尔·李 寒彻颤栗早逝去
〔日〕大江健三郎 著
41. 大师之死 〔法〕皮埃尔-让·雷米 著
42. 午间女人 〔德〕尤莉娅·弗兰克 著
43. 情系撒哈拉 〔西班牙〕路易斯·莱安特 著
44. 曲终人散 〔美〕约书亚·弗里斯 著
45. 我脸上的秘密 〔爱尔兰〕凯伦·阿迪夫 著

2009 年:

46. 恋爱中的男人 〔德〕马丁·瓦尔泽 著
47. 卖梦人 〔巴西〕奥古斯托·库里 著
48. 秘密手稿 〔爱尔兰〕塞巴斯蒂安·巴里 著
49. 天扰 〔加拿大〕丽芙卡·戈臣 著
50. 悠悠岁月 〔法〕安妮·埃尔诺 著
51. 图书管理员 〔俄罗斯〕米哈伊尔·叶里扎罗夫 著

2010 年:

52. 转吧,这伟大的世界 〔美〕科伦·麦凯恩 著

53. 卡尔腾堡 〔德〕马塞尔·巴耶尔 著
54. 恋人 〔法〕让-马克·帕里西斯 著
55. 公无渡河 〔韩〕金薰 著
56. 逆风 〔西班牙〕安赫莱斯·卡索 著

2011 年：

57. 古泉酒馆 〔英〕理查德·弗朗西斯 著
58. 天使之城或弗洛伊德博士的外套
〔德〕克里斯塔·沃尔夫 著
59. 复活的艺术 〔智利〕埃尔南·里维拉·莱特列尔 著
60. 哪里传来找我的电话铃声 〔韩〕申京淑 著
61. 卡迪巴 〔法〕让-克里斯托夫·吕芬 著
62. 脑残 〔俄罗斯〕奥利加·斯拉夫尼科娃 著

2012 年：

63. 沙滩上的小脚印 〔法〕安娜-杜芬妮·朱利安 著
64. 阳光下的日子 〔德〕米夏埃尔·库普夫米勒 著
65. 唯愿你在此 〔英〕格雷厄姆·斯威夫特 著
66. 帝国之王 〔西班牙〕哈维尔·莫洛 著
67. 鬼火 〔美〕莉迪亚·米列特 著
68. 骗局的辉煌落幕 〔瑞典〕谢什婷·埃克曼 著
69. 暴风雪 〔俄罗斯〕弗拉基米尔·索罗金 著

2013 年：

70. 形影不离 〔意〕亚历山德罗·皮佩尔诺 著
71. 我们是姐妹 〔德〕安妮·格斯特许森 著

72. 聋儿 〔危地马拉〕罗德里格·雷耶·罗萨 著
73. 我的中尉 〔俄罗斯〕达尼伊尔·格拉宁 著
74. 边缘 〔法〕奥里维埃·亚当 著

2014 年:

75. 生命 〔德〕大卫·瓦格纳 著
76. 回到潘日鲁德 〔俄罗斯〕安德烈·沃洛斯 著
77. 潜 〔法〕克里斯托夫·奥诺-迪-比奥 著
78. 在岸边 〔西班牙〕拉法埃尔·奇尔贝斯 著
79. 麻木 〔罗马尼亚〕弗洛林·拉扎莱斯库 著
80. 回家 〔加拿大〕丹尼斯·博克 著

2015 年:

81. 骗子 〔西班牙〕哈维尔·塞尔卡斯 著
82. 星座号 〔法〕阿德里安·博斯克 著
83. “自由”工厂 〔俄罗斯〕克谢妮雅·卜克莎 著
84. 所有爱的开始 〔德〕尤迪特·海尔曼 著
85. 首相 A 〔日〕田中慎弥 著
86. 美丽的年轻女子 〔荷兰〕汤米·维尔林哈 著